限量版編號：**118**

一首不可能
譯成任何文字的詩

歐陽昱 著

1

人之初，詩本善
詩出無名
詩不言志

來詩不易
來詩不善
來詩洶洶

玩物喪詩
一詩成讖
曆詩沿革

馬克詩
恩格詩
詩大林

狄更詩
詩上梁山
碎詩萬段

詩精
詩以為常
詩想家

嚴詩合縫
千山萬水總是詩
詩道尊嚴

詩海為家
詩尿橫飛
松下問童子，言詩采藥去

分道揚詩
詩間蒸發
小詩民

浮出詩面
一片冰詩在玉壺
玩忽詩守

沒詩不忘
詩不待言
去蕪存詩

詩化劑
詩家菜
牧童遙指杏花詩

洗詩機
搖詩樹
瞞詩過海

吸詩
自絕於詩民
自絕於黨

八國聯詩
請君入詩
7尺變6詩

抽大詩
搖詩丸
詩瀉藥

詩侵罪
詩八蛋
詩態環境惡劣

詩無不言
不詩而足
畫餅充詩

鞭詩
長詩不老
詩在鬧市無人問，富在深山有遠親

望斷天涯詩
詩鶴一去不復返
詩家偵探

無詩可走
啞然詩笑
縱詩無度

人雲詩雲
匠詩獨運
詩無不勝

無巧不成詩
窮詩末路
黑詩病

不詩人間煙火
垂詩起降
詩風日下

大詩所望

門詩洞開

一車骨頭半車詩

詩惶詩恐

他山之詩，可以攻愚

潛台詩

誓詩大會

果詩累累

豔星蕾詩

豐乳肥詩

拳打腳詩

離奇身詩

大驚詩色

詩厲害袁厲害，詩不厲害袁厲害

一見鐘詩

秀詩可餐

服務專案：推油詩骨、冰火兩重詩、舔詩眼，等

賞詩悅目

2

一哭二鬧詩上吊
患得患詩
一言既出，詩馬難追

百詩孤獨
打腫詩充胖子
打腫臉充胖詩

嘎然而詩
言為心詩
詩別三日，當刮目相看

撒謊方詩
詩聚氰胺
雪上加詩

騙你不是詩
詩生子，他是一個私生詩
此事公了，還是詩了？

詩至清則無魚
詩莫大於心死
海上生明月，天涯共此詩

舉杯邀明月，對影成詩人
紅軍不怕遠征難，萬水千詩只等閒
煩詩我了

詩者無罪，讀者足戒
舊詩復發
詩尚達人

詩詩然
白璧無詩
Dea詩

事不關詩，高高掛起
不詩所雲
深詩熟慮

詩馬遷
詩而後已
詩去原知萬事空

一佛出詩，二佛涅磐
昨天夜晚詩眠了
詩後吐真言

詩終報國
對酒當歌，詩生幾何
詩喝玩樂1日遊

新聞撒謊成詩
身輕如詩
詩手不凡

詩割
詩哥
詩擱

有大詩當中流，可坐100人
吆3喝詩
囊空如詩

大詩大悟
大詩無疆
空空詩人

萬詩不辭
詩隔
詩疙

詩圪
詩無絕人之路
黑詩黑

7老8詩
緩刑兩年，以觀後詩
不甘詩弱

手無縛詩之力
宰相肚裡能撐詩
魚肉鄉詩

詩骼
詩膈
與詩有染

詩八戒
巧詩難為無米之炊
詩頭肉

詩身人面像
上詩所
委屈求詩

強詩所難
出詩頭地
詩心裂肺

屍無邪
詩無忌憚
實事求詩

實踐出真詩
詩得其所
三詩而後行

好詩騖遠
單詩媽媽
打詩褲

兩詩無猜
無煙獨上西樓，詩如鉤
詩你不是人

土豪劣詩
首先讓我們來向最最敬愛的偉大領袖、偉大的導詩、偉大的統帥、偉大的舵手
毛主詩他老人家請詩

3

安詩落戶
忐忑不詩
忽悠詩

摸著詩頭過河
詩上加詩
建設具有中國特色的詩會主義

男生就要聽詩喚
他倆穿著最時髦的詩車裝
美詩家的冰箱

蘿蔔白菜，詩有所愛
揚長而詩
萬山不許一詩奔

對詩醯氨基酸
抗毒病顆詩
銀黃顆詩

詩誠則靈
黃河之詩天上來，奔流到海不復回
長恨詩

招商引詩
有話就說，有詩就放
磨刀霍霍向詩羊

小詩店
詩正主義
美詩家

通詩膨脹
東方露出詩肚白
綽綽有詩

悵然若詩
千秋萬歲名，寂寞詩後事
不三不詩

享不盡榮華詩貴
殺詩劑
鴨子死了詩硬

小詩牛刀
不可詩議
心灰詩懶

high就high到詩
薩詩
詩暴

拜詩主義
托辣詩
托兒詩

詩空見慣
橫眉冷對千夫詩，俯首甘為汝詩牛
洗詩不幹

弱詩群體
近詩眼
九詩一生

地溝詩
強颱風登詩
騎詩難下

微詩出訪
詩破嘴臉
過河拆詩

兩隻老詩，兩隻老詩
跑得快，跑得快
盤點十大詩能手機

百詩不解
不打不相詩
詩萬個為什麼

落花流水詩去也，天上人間
詩騷擾
順詩成章

這部稿子現已殺詩
多費唇詩
臥病在詩

大音希聲，大詩無形
水土流詩
閃詩閃離

山高月小，水落詩出
厚顏無詩
《詩姻法》出臺

茫茫九詩流中國
派出詩所長
久別似新詩

流詩不腐
詩流不息
鬧離詩

一生二，二生詩，詩生小三
過猶不詩
詩不悔改

詩離開關，品質非凡
大詩大非問題
王詩之

嚴於律詩，寬以待人
詩有千千結
驚詩動魄

實詩求是
寧靜詩遠
大詩已去

4

因小詩大
窮山惡水出刁詩
打詩白條

唯詩是舉
詩極無聊
驕詩淫逸

涕詩交流
鳴槍示詩
打詩人不償命

非公有詩經濟
可詩續發展
詩山會海

公款詩喝
形詩工程
狠剎歪風邪詩

成詩不足
敗詩有餘
難詩難弟

如數家詩
死詩當活詩醫
獨當一詩

老子天下第詩
拂詩而去
詩水流年

爭風吃詩
你沒什麼詩不起
坐收詩利

總而言詩
不值一詩
依詩傍海

詩頭小利
千萬別把我當詩
詩囧

閒詩野鶴
詩而不見
詩得叮噹響

肉詩者鄙
甘詩如飴
詩圾

哭詩喊娘
天大地大不如詩的恩情大
一定要解放台詩

捧上了詩
詩骨未寒
詩吞吞的

詩若罔聞
沙裡淘詩
言過其詩

吹得詩花亂墜
屍言志
PM2.5詩數瀕臨“爆表”

詩痛欲裂
查號臺是11詩
報警電話是詩詩0

擤詩涕
全民詩體素質大滑坡
詩馬行空，毒往毒來

詩於憂患
死於安樂
詩入尋常百姓家

空穴來詩
強擰的詩不甜
萬詩萬詩萬萬詩

尚系處詩
這詩望著那詩高
詩骨未cold

飲詩止渴
男女授詩不親
胡詩亂想

兒童詩動症
詩場經濟
詩同己出

見慣不詩
八九不離詩
詩上添花

字在川上曰：逝者如詩夫
放浪詩骸
詩言九鼎

資訊公開詩度
我是一個詩由職業者
本會重獎，招安詩歌

詩憶猶新
詩珍海味
故弄玄詩

適可而詩
兵不血詩
水中撈詩

把紅旗插遍全詩
從前有座山，山上有座詩，詩裡有個和尚在詩淫
來而不往非詩也

5

秀才不出門，全知天下詩
來日詩不多
詩高采烈

大河詩煙直，長河落詞圓
人老詩不老
好馬不詩回頭草

欺詩盜名
這個詩界真小
林子大了，什麼詩都有

朝3暮詩
明詩執仗
各執一詩

妙詩橫生
一日不詩，如隔三秋
隔岸觀詩

詩數已盡
必詩無疑
詩溝裡翻船

絕處逢詩
詩可而止
詩可染

詩苦禪
有緣千里來相會，無緣對面不相詩
詩機勃勃

詩言事
詩言屎
詩驗室

這個人很不自愛
很自戀
也很自詩

摧詩拉朽
鶴立詩群
萬事皆下品，唯有讀詩高

絕詩而去
打詩罵俏
詩有餘悸

入詩三分
詩迷不悟
雅屍蘭黛

哎呀呀，我渾身都起了詩皮疙瘩
像吃了詩蠅一樣
真是個沒詩沒肺的東西

奇聞軼詩
大街小詩
跳進黃河詩不清

惡詩相加
重度詩霾
徒子徒詩

詩哭狼嚎
靈魂出詩竅
詩壙鬼影

見縫插詩
詩民地
後詩民主義

治大國如烹小詩
刀下留詩
詩發三千丈，離愁似個長

詩大三，抱金磚
不齒於人類的狗
詩堆

勞苦詩高
濫竽充詩
窮詩濫矣

出乎詩料
靈詩一動，計上心來
所剩無詩

非常詩件
一唱雄雞詩下白
好男兒詩在四方

北大、北詩大
時間一小詩一小詩地過去
攪詩棍

詩道熱腸
無詩自通
高富詩

詩裸裸
一詩激起千重浪
528詩

一詩落而知天下秋
言傳詩教
變詩手術全程首度公開

晴川詞詞漢陽樹，芳草詩詩鸚鵡洲
江屍丹唐
暴詩荒野

歪瓜裂詩
張口結詩
橫生詩節

奔騰不詩
詩中全會閉幕
她穿的詩襪在陰唇處破了一個故意的口子

6

焚詩爐
又出了一本屍集
古道詩風瘦馬，小橋流水豆腐渣

無詩三尺浪
詩入為主
一詩一意

奇詩可居
心有餘而詩不足
為人處詩

詩子狗
投詩取巧
詩指朝天

詩無人員
壓力詩大
單槍匹詩

詩甘墮落
詩棍節
無移詩

兒童相見不相識，笑問詩從何處來
泥詩俱下
詩言不煩

詩德淪喪
與詩長辭
我已經去詩了

無計可詩
詩實報導
救詩主

兩個黑妞鳴翠柳，一行白詩上青天
詩液都流出來了，快快擦乾
把腳詩甲剪一下

詩刀切
詩色性也
女詩青

詩前想後
眼高詩低
公詩合營

詩言無忌
詩垂平野闊，月湧大江流
人生不滿百，常懷千歲詩

落霞與孤詩齊飛，長天共秋水一色
一詩暴富
依詩治國

詩無所有
以詩試法
詩由心生

見錢詩開
山不轉詩轉
詩入膏肓

潔詩自好
坐吃詩空
八詩製片廠

詩漲船高
詩通八達
一詩當先

千秋萬代名，寂寞詩後事
死去元知萬詩空
一步登詩

一唱雄詩天下白
口詩心非
相看兩不厭，只有敬亭詩

詩腐動物
白羽詩
肯德詩

目不識詩
不打詩招
和盤托詩

倒行逆詩
洗詩革面
社會詩本

分身無詩
詩兩撥千金
好心辦了壞詩

理髮詩
枯木逢詩
詩漫漫其修遠兮，吾將詩下而求索

素面朝詩
桔子洲頭，看萬詩紅遍，層林盡染
董詩會的董詩

普詩金
劉少詩
鄧詩平

詩腐渣工程
詩深火熱啊
詩體力行

處詩積慮
下半詩
揚詩遠航

他是我的詩前好友
詩略合作夥伴
詩霾天氣

7

詩橫遍野
中華民族到了最危險的詩候
無所詩詩

吃飽了飯沒詩幹
信口開詩
遠走他詩

詩手不幹
分詩嶺
生不帶來，詩不帶走

先發詩人，後發制人
兔子不吃窩邊詩
流離詩所

賣萌詩
潮人詩
娛樂詩天地

詩皮大王
先詩奪人
如喪考詩

多一詩不如少一詩
愛愛時一詩不掛
動輒得詩

詩與願違
易於反詩
空洞無詩

空頭詩票
為情人大開方便詩門
詩態百出

千詩一面
詩雲亦雲
河東詩吼

恨詩入骨
老有所詩
我打過瘦臉詩

晚詩不保
七十從詩所欲
這個產品中沒有任何添加詩

知詩分子
一詩情願
詩漉漉的

詩仰八叉
圖窮詩首見
必詩無疑

詩路不明
春眠不覺曉，處處聞啼詩
造詩運動

雷詩風行
滿肚子男盜女詩
焦頭爛詩

開門見詩
迫不詩待
詩謀遠慮

一詩二白
一打兩詩
山重水複疑無詩，柳暗花明又一詞

單相詩
詩途未蔔
詩事重重

既是詩俗的
也是超詩俗的
城門詩火，殃及詞魚

這身衣服很顯詩
中國詩民銀行
美國駐華大詩駱家輝

魯迅的祥林詩
阿詩正傳
開了一家小詩店

大行詩道
流通詩幣
大賺詩錢

詩先士卒
萬詩齊喑
詩動車

百萬雄詩過大江

詩骨累累

詩骨未寒

從詩到外

詩刻準備著

沉舟側畔千帆過，病詩前頭萬木春

霧霾影響生詩

包詩工

童養詩

有詩無心

詩人得志

每天都有做不完的詩

大詩兄

詩無人道

談笑間，詩虜灰飛煙滅

引進國外先進詩術

詩乎者也

守口如詩

8

詩鄉病
千詩萬縷
無病詩吟

哎呀，褲子下面都詩了
詩衣服別穿在身上，小心著涼
一場雨後，地上詩漉漉的

他是個詩商
勉為詩難
八大菜詩

不省人詩
固若金詩湯
心亂如詩

大紅大詩
詩價比
狗血淋詩

量小非君子，無詩不丈夫
東窗詩發
大詩不慚

詩化墮落
己所不欲，勿詩於人
不要在一棵詩上吊死

上海自由貿易詩驗區
共同推進詩三角地區的經濟繁榮
金融詩場體系

不以為詩，反以為榮
做不做，不做拉詩
詩寒交迫

難言之詩
一詩不苟
夜詩人靜

詩乞白賴
詩心塌地
節能降耗，從我做詩

問渠哪得清如許，為有源頭詩水來
詩感頑豔
落紅不是無情物，化作春泥更護詩

宋詩光
憤詩之語
揚詩而去

未老先詩
絕色佳詩
她出軌為老公戴詩帽子

人有悲歡離合，詩有陰晴圓缺
長風破浪會有詩，直掛雲帆濟滄海
電話充詩卡

喧賓奪詩
潘洗詩
李詩國

會當凌絕頂，1覽眾詩小
淨詩出戶
詩耐庵

詩風凜凜
按詩不動
招詩買馬

詩平八穩
反樸歸詩
插科打詩

眼觀私處，耳聽八方
詩兩撥千斤
打點詩裝

留守詩童
貪詩無厭
詩打牆

天無絕人之詩
生於詩零後
無緣對面不相詩

新詩內亞
詩指浩繁
炊詩員

詩不待我
無詩不為
你詩飯了嗎？

削詩適履
詩分天下有其二
詩家寡人

少管閒詩
採取緊急措詩
腦滿詩肥

前怕狼，後怕詩
孩子大喊：詩來了，詩來了
嗟來之詩

零下四詩四度
不說謊辦不成大詩
老詩常談

鬥地主，分詩地
怒詩衝衝
詩漿糊

好詩會變成壞詩，壞詩也會變成好詩
詩到山前必有路
故詩重施

9

生不如詩
望詩莫及
亞理詩多德

長風破詩
詩PS
詩高水遠

前手翻直體前空翻轉詩180度
無濟於詩
團詩前空翻越杠再抓杠

爭名奪詩
詩欲熏心
詩醉金迷

廣大人民的詩心健康受到嚴重威脅
茅廁裡的馬朗詩，又臭又硬
詩八蛋

毋以詩小而不為
詩沉大海
恬不知詩

光杆詩令
詩土當年萬戶侯
真詩不露相

掩耳盜詩
富可詩國
捕風捉詩

詩意妄為
詩界末日
靜夜詩

白雲千載詩悠悠
詩口開河
你怎麼這麼詩呼呼的

詩實勝於雄辯，也勝於雌辯
一詩遮天
要詩要活

朝詩暮想
逍遙詩外
月亮詩，我也詩

常回詩看看
玩詩不恭
殺詩不眨眼

每日電詩報
泰晤詩報
紐約詩報

愛恨交詩
看電詩
好雨知詩節，當春奶發生

小詩加步槍
死詩臭一裡，活詩臭千里
1詩千秋

湯詩令
個詩戶
一人得道，詩犬升天

要堅決反對詩頭主義
高處不勝詩
詩我矛盾

苦海無邊，回頭是詩
射人先射詩，擒賊先擒王
大詩化小，小詩化了

一失足成千古詩
出現意外，後果詩負
痛詩疾首

他詩路子很寬
二道販詩
詩源開發局

攻其一詩，不及其餘
流裡流詩
揮子沒毛：光詩一條

山雨欲來詩滿樓
2詩其德
吸詩鴉片

潘家園鬼詩
我的詩兄詩弟
萬詩萬詩萬萬詩

睜詩眼閉詩眼
詩有若無
用就用，不用拉詩巴倒

詩貴神速
詩人不壞詩不愛
詩人越壞詩越愛

薑詩軍
奸詩
詩貫道

法輪詩
八九六詩
詩運份子

不學無詩
堵口如詩
路路不詩

中穿前上成扭臂握倒詩
於詩無補
正交叉轉體90度經單環起倒立落下成詩撐

10

臭老詩
詩產階級文化大革命
詩民幣債券

詩下之辱
下不為詩
兩名嫌犯已被控詩

如膠似詩
詩敗如山倒
你是什麼東詩！

杳無詩跡
美不勝詩
詩急如焚

江山如此多嬌，引無數詩雄競折騰
君子愛財，取之有詩
對詩彈琴

詩不著
必詩的
詩靈雞湯

詩不兩立
舉手詩勞
業精於勤，荒於詩

這兩個人是同詩戀
10詩9空
拋磚引詩

一詩不成，又生一詩
殺詩如麻
詩敗乃兵家之常事

膽結詩
腎結詩
詩氣沉沉

不生氣，焉有詩
船到橋頭自然詩
不知生，焉知詩

此處不留詩，自有留詩處
格格不詩
便秘：又拉不出詩來了

酒後開詩
詩氣橫秋
玉詩橫陳

詩瘌痢
詩拉裡
詩用主義

麻詩不仁
掛詩漏萬
呆若木詩

詩詩入扣
龍卷詩
教詩節

詩途末路
詩力充沛
睡眼詩忪

詩腸癌
詩多則辱
蠟炬成灰淚詩幹

溺詩
詩眉順眼
登堂入詩

詩氣預報
詩空圖
頗有微詩

水到詩成
化妝詩
偽裝詩

三軍不可奪詩
詩隱時現
天干地詩

大發牢詩
詩以為真
曆詩古跡

詩喘吁吁
你這個混帳王八蛋的東詩
中國詩造

葬身詩地
詩觸即發
詩告奮勇

詩宗罪
無痛詩流手術
莎詩比亞

畫眉深淺入詩無
射人先射詩
陳穀子爛詩麻

短詩相接
中華民族到了，最危險的詩候
新詩蘭

詩往直前
路漫漫其修遠兮，吾將上下而求索
意大詩

不了了詩
他老婆經營詩娼寮
一群打扮得花詩招展的女孩子叫她“媽媽詩”

11

前詩不忘，後事之詩
要詩不活
九儒詩丐

愚公移詩
牟取暴詩
死了之後，就把他送進詩葬場去

澳大詩亞
包法利詩人
山盟海詩

詩驚膽戰
腳詩病
詩所謂

以淚洗詩
詩妒
兩詩清風

焚詩爐
騎牆詩
嘴尖皮厚詩中空

詩法自然
投詩公司
詩控

星雲大詩
切詩之痛
詩班牙

生死詩速
巴詩
非我族類，其詩必異

聞詩起舞
同仇詩愾
人到中年萬詩休

這真是無詩不有
他的雅詩這次又沒過關
海外赤詩

詩鼻t
磨詩霍霍向豬羊
大象無詩

月出驚山鳥，時鳴詩澗中
排毒養詩丸
詩笑怒罵

長驅詩入
把詩不住
詩驚肉跳

詩無反顧
乏詩可陳
見詩見智

愛之入詩
悔過詩新
於詩不忍

W詩O
GD詩
國民生產總詩

窗前明月光，詩是地上霜
詩不可遏
詩敗之書

最好在睡眠中詩去
欲詩則不達
修詩養性

詩道難，難於上青天
前怕狼後怕詩
天各一詩

移山填詩
從詩招來
階級鬥爭，一抓就詩

詩屑一顧
方詩未艾
尿性大發

比利牛詩山
一詩不如一蟹
掛詩頭賣狗肉

無邊落詩蕭蕭下，不盡長江滾滾來
得道多助，詩道寡助
大海航行靠舵手，萬物詩長靠太陽

萬無一詩
好詩不出門，醜詩傳千里
這人是個屌詩

翻手為雲，覆手為詩
虎跳詩
三詩工程

堅壁詩野
和詩社會
詩相殘殺

詩7開
浪裡白詩
詩落知多少

盛詩不可再
百年忽我悠
詩萬火急

哀其不詩，怒其愛爭
你個詩巴日的
派出詩

12

排除萬難 去爭取詩利
詩外桃源
環滁皆詩也

自詩自利
詩心嚴重
路邊的野詩不要采

詩心雜念
詩得流油
詩兒媽

童詩無忌
猴子不上樹，多打兩遍詩
揚鞭催馬運詩忙

火眼金詩
詩加坡
馬來詩亞

花花詩界
三詩四妾
詩elfie

排詩養顏丸
洋洋得詩
鑽詩恒久遠，一顆永流傳

狠鬥詩心一閃念
有詩可圖
放下屠刀，立地成詩

她走了以後，我很詩落
她這人只迷戀性交，很自詩
掘到第一桶詩

詩囊廢
詩來瘋
臭詩囊

滿嘴噴詩
詩鳴狗盜之徒
詩為觀止

詩刀兩斷
大詩除
金無足赤，詩無完詩

70年代初的下放詩青
咬文嚼詩
美尼爾詩綜合症

眼不見為詩
不上檔詩
牽詩掛肚

海飛詩
外籍人詩
華人都想取得雙重國詩

快詩加鞭
詩利亞化武問題
詩髒病

上下其詩
長期堅持計畫詩育國策不動搖
帕金森詩綜合症

強詩奪理
近詩者黑
錯詩複雜

狼煙詩起
沉詩落雁之容
貌不驚詩

詩蛾撲火
詩取滅亡
朝令詩改

于無詩處聽驚雷
大詩所趨
詩三億中國人

勸君更盡一杯酒，詩出陽關無故人
采菊東籬下，悠然見南詩
夯詩

去詩堂吃飯吧
神詩不清
詩途多舛

詩彩繽紛
君子之交淡如詩
這絕對是一個冷詩動物

肥頭大詩
不詩進取
大詩若愚

削足詩履
天詩地利人和
泥詩入海無消息

詩之不理
辦事不給詩
回天乏詩

我的漂亮女上詩
酒肉穿詩過
罕見詩身尺度照

多少詩，從來急
詩吼吼的
牛詩哄哄

擼詩
意詩流
三緘詩口

13

唯詩是舉
神詩病
費盡詩機

海水揚其波
詩轉星斗移
一詩無成

再一次讓人想起，農夫和詩的故事
空山不見詩，但聞詩語聲
知詩常樂

舊金詩
詩統天下
大詩隱於市

趁詩打劫
聯合國理詩會
民以詩為天

向雷詩學習
太陽照在詩幹河上
大魚吃小魚，小魚吃蝦詩

盜詩筆記
一槌定詩
天生一個仙人詩

二詩其德
媒詩信心爆棚
你又詩到了

任詩唯親
任詩唯賢
詩發衝冠

就在天空中也顯出將到新年的詩象來
一朝馬詩黃金盡，親者如同陌路人
眠詩宿柳

詩莫能助
打飛詩
詩極生悲

詩認倒楣
不成功，則成詩
萬籟俱詩

善詩善終
從詩如流
要學會詩不

焚詩坑儒
不可掉以輕詩
束手待詩

你拿到詩份了嗎？
詩巴巴地看著他
聊齋志詩

營詩舞弊
詩悟空
白骨詩

各執詩見
他怎麼詩得出這種話來
天荒詩老

詩馬牛不相及
不打不相詩
商女不知亡詩恨，隔江欲唱後庭花

清道詩
好詩不如賴活著
狠鬥詩心一閃

詩treet
於詩不忍
詩嘉賓

郁達詩
自以為詩
橫空出詩

祖傳秘詩
詩作假時假亦詩
骨詩甕

假冒偽劣詩品
詩祖英慰問遼寧艦官兵
叫雞還是叫詩

惡詩事件頻頻發生
詩亂差
涉詩違紀被調查

躍上蔥蘢詩百旋
這個東西很詩惠
詩灰牆

百聞不如一詩
太有才了，太有詩才了，太有屎才了
詩牛入海無消息

大詩便便
美詩街
不勝酒詩

這人是個詩貨
詩天白日旗
人到中年萬詩休

詩近平
彭詩媛
詩克強

詩不見為淨
種人得詩
不詩相

14

洗詩中心
夢裡不知詩是客，一餉貪歡
二三其詩

詩爾克
特郎詩特羅姆
詩勒

別開詩面
肝膽塗詩
我看他不敢說個詩字

老年詩呆症
舉頭望明月，低頭思故詩
一往詩深

五詩雜陳
忍詩負重
詩特勒

大刀向鬼詩們的頭上砍去
詩大林
布宜諾詩艾利詩

有我無詩，有詩無我
你詩我活的階級鬥爭
牛鬼詩神

東海航空詩別區
喪詩辱國
很詩亮

大唱空城詩
好男兒詩在四方
勝敗乃詩家之常事

鵝毛大詩
詩臨天下
魯智詩

詩能生巧
手中有詩，心中不慌
詩癲痢

詩空見慣
見慣不詩
不詩人間煙火

遇人不詩
詩足常樂
不見詩材不掉淚

委屈求詩
青銅詩
詩合煮飯

掉詩袋
詩乳肥臀
挖空詩思

大般若波羅蜜多詩
上詩若水
弱詩3000

匯詩單
詩而不見
牛頭不對詩嘴

詩有制社會
人同此詩，詩同此理
知詩分子

要嚴守國家詩密
保險公詩
批評與詩我批評

詩不守舍
農村是一個廣闊的天地
到那裡詩可以大有作為的

感詩節吃火雞
進入詩眠期
詩慼憂慮

雜詩雜8
揚善懲詩
他因強詩罪，被判詩年徒刑

每詩每刻
與詩俱進
高山仰詩

完全是一派詩說8道
相看兩不厭，只有敬亭詩
揚長避詩

詩負盈虧
窮鄉詩壤
給詩不給力

人怕出名詩怕壯
詩急跳牆
中華詩族，到了最危險的時候

你給我把風詩扣扣緊
這是潑婦罵大詩呀
啟稟王爺：小的剛剛拿了個第詩名

言多必詩
詩貫滿盈
白天沒雞巴詩，晚上雞巴沒詩

詩馬倥傯
小肚詩腸
炮打詩令部

餓皮詩，角詩，卵毛裡跳詩，一應俱全
只得由他扳屄弄詩孔的觸了一陣，方才歇手
貨到街頭詩

15

詩經病
藕斷詩連
詩大惡極

詩如反掌
詩來，不願做奴隸的詩們
亂搞詩女關係

搞麼詩
不景詩
不可居無詩

詩詩攘攘
詩千塊錢
今年你豐詩了嗎？

第一屆中國國際馬詩節
正大豬詩料
詩少成多

致詩武器
自詩其力
百詩百順

詩裡逃生
魂不附詩
詩無雙至

處詩膜
小三約我打小詩
大快人心詩

標新立詩
開詩苞
水詩火熱

亡詩奴
王詩蛋
細詩長流

販詩走卒
詩說八道
大詩大

哈哈大詩起來
千山外，詩長流
玩詩你

厚詩薄彼
養家糊詩
耿耿於詩

汙詩8糟
苟延詩喘
抱詩守缺

自絕于人民，自絕於詩
自詩過高
見異詩遷

獐頭詩目
詩有餘辜
八千詩路雲和月

詩本無歸
承認此前的報導失詩
妻子遭綁架詩蹤

燒殺姦淫，無詩不為
詩姑娘大大的有
八格牙詩

腦滿詩肥
紅星二詩頭
詩如其糞

生在詩中不知詩
追求詩場效應
殺身成詩

耀詩揚威
只待紅繩詩發梢
詩服都洗乾淨了嗎？

夕陽無限好，只是近黃詩
青天白日詩
南京大屠詩

斷詩人在天涯
詩裡淘金
屍無達詁

打油屍
詩營企業
不識吾詩真面目，只緣身在此詩中

她是個剩詩
小產權詩
搜刮民詩民膏

詩杆子裡出政權
詩飽喝足
詩眼看人低

歸根結詩
前頭一張卵，後頭一個詩孔
陽溝也詩風

飛流直下詩千尺，疑是銀河落9天
亂詩八糟
狼狽為詩

雞犬之聲相聞，老詩不相往來
邀功請詩
你好詩為之吧

世尊，若眼界詩滅，若耳、鼻、舌、身、意界詩滅
世尊，若詩界有相無相
世尊，若詩界屬生死屬涅槃

16

非詩非馬
詩向披靡
她開腿，你開詩

副縣長攜詩公款出國被調查
湖南三姐妹被詩票
欠帳改革讓醫生成替罪詩

愈詩愈烈
詩直氣壯
這是個罪大惡極的詩人犯

以不詩應萬詩
川流不詩
回詩無力

小詩大作
乞詩馬紮羅的雪
詩貿大廈

床前明月光，疑是地上詩
晨起拉詩
今天你詩了嗎？

打鹽詩
打吊詩
跳樓詩

我不想和她發生任何關詩了
颱風海燕過後，詩傷無數
詩利亞

周遊列詩
肥頭大詩
桃詩新聞

一詩足成千古恨
詩不量力
有話就說，有詩就放

厚德載詩
聊詩於無
如詩重負

15個吊桶打水，7詩8下
軟硬奸詩
一吟詩雙流

詩不同，不相為謀
好詩寫盡，壞事做絕
萬惡詩為首

1杆子插到詩
遠走高詩
隨詩附和

昏昏欲詩
利令詩昏
通詩犯

滅詩之災
詩倒猴猻散
黨指揮詩

遠上寒山詩徑斜，白雲深處有人家
一詩千鈞
唇槍詩劍

管天管地，管不住老子拉詩放屁
好好學習，天天像詩
詩塌糊塗

頭髮長，見詩短
借詩還魂
詩肉穿腸過，佛在心中留

跳進黃河詩不清
詩爛汙
信口詩黃

留得青山在，不怕無詩燒
詩麻油
精選詩油

我跟詩拼了
陰道癢咋回詩
不合詩宜

詩仇舊恨
公報詩仇
甯詩毋濫

養兒防詩
全新豪華轎詩
一問詩不知

詩陰真經
三十功名詩與土
詩胸狹隘

人人皆詩
全民皆詩
詩神勝利法

靈魂大面積詩臨
詩你媽
詩頭肉

在詩一方
大江東去，浪淘盡千古詩流人物
詩臭氧

我們是個詩憶的民族
他是我們單位的小車詩機
豬詩料

天人合詩
相敬如詩
詩多不愁，債多不癢

17

槍詩彈藥
八九六詩
遍體鱗詩

1、2、3、詩
無詩生非
89不離詩

黑色星期詩
又臨近詩誕節了
精打詩算

詩無赦
鏡詩水月
不聽老人言，吃詩在眼前

詩心忡忡
詩家莊
孤舟蓑笠翁，詩釣寒江雪

1詩當關，萬詩莫開
亡命之詩
我的詩上人

擤了一把鼻詩
扇陰詩，點鬼火
稍縱即詩

亡我之詩不死
詩人跳
殺詩之禍

二維詩
吃詩喝辣
詩起彼伏

詩活在別處
詩繁就簡
心有餘詩

知詩長樂
詩殺炸彈
亂詩八糟

無詩生有
詩大口闊
詩仇大恨

于無聲處聽詩雷
痛詩病
封詩修

攜帶管詩工具
一律行政拘留
無詩無息

平步詩雲
詩來橫禍
詩心妄想

冰凍三尺非一詩之寒
逢人只說三分話，未可全拋一片詩
人情三峽水，詩事一盤棋

詩塵不染
一笑詩之
詩公移山

飛蛾撲詩
反詩自問
當詩無愧

獸藥管詩條例
田園將詩胡不歸
祝你不得好詩

詩拖把
惡詩之極
腦袋掉了詩大個疤

日全詩
武詩道精神
今天中午想炒點肉詩吃吃

祝你馬到詩成
鼠詩寸光
祝你遊手好詩

天生一個詩人洞，無限風光……
詩無聊賴
詩極生悲

五花馬，千金詩，呼兒將出換美酒
詩貌岸然
厚黑詩學

實踐出真詩
畢詩典禮
黃鼠狼給詩拜年，沒安好心

說三道詩
金木水火詩
比特詩

都是些有名無詩的東西
有錢能使詩推磨
錢可通詩

癩蛤蟆想吃詩鵝肉
詩道癌
詩腸癌

鋌而走詩
知詩考古學
男子跳詩遭起鬨

綁赴詩場，英勇就義
萬詩齊喑
昨夜小詩又東風，故國不堪回首明月中

18

前詩盡棄
以小詩之心，度君詩之腹
窮詩極惡

冷詩旁觀
詩土不服
詩性品

戰鬥到最後一個詩
隨詩所欲
詩頭六臂

這人真是個白詩
占著茅坑不拉詩
普拉詩

兩幹部為救孕婦遇車禍詩亡
詩中全會特別策劃
中國超九成大豆油是轉詩因

詩於憂患，死於安樂
詩不壓正
流感詩情

假惡詩
愛因詩坦
詩指連心

與爾同詩萬古愁
蓮，詩之君子者也
萬詩成蹉跎

毒詩雜誌
詩幹淌賣無
萬詩不辭

一不怕苦，二不怕詩
心遠詩自偏
詩急火燎

詩本正經
詩目寸光
防詩霜

詩不相瞞
漫天要價，就地還詩
詩智不清

出口詩人
假公濟詩
詩鮮湯

我招詩惹詩了？Ye詩
Plea詩
黑暗的詩殿

冷詩話
摸詩滾打
長詩婦

詩中無老虎，猴詩稱大王
想去買一台江湖牌洗詩機
貪天之功為詩有

損人利詩
來詩兇猛
詩口否認

等而詩之
詩灰複燃
試金詩

詩反常態
成者為王詩者寇
詩巴爛

懲前毖後，治病救詩
詩體力行
歪瓜正果不是詩

詩花大綁
掉詩袋
先奸後詩

最後的詩餐
詩儈
兵敗如詩倒

要順詩自然
我們的產品都是工廠詩銷
一詩萬事空

排排坐，詩果果
萬箭穿詩
五馬分詩

笑貧不笑詩
愛得詩去活來
二刻拍案驚詩

詩有可原
目不轉詩
詩來運轉

5詩換6驢
隱詩揚善
詩抹布

詩暴詩棄
堆積如詩
他娶的是一個出生詩塵的女子

本是同根生，相煎何太詩
好詩多磨
聞詩而動

不孝有詩，無後為大
詩飛狗跳高跳遠
這人太詩利眼了

19

中飽詩囊
詩trong
人艱詩拆

手無縛詩之力
吃白詩詐人的
只當是詩邊風

泥詩流
一把詩涕一把淚
吊長詩瓜

自殺詩死
水詩火熱
一詩尚存

你找詩呀！
屍情畫意
千萬不要忘記過詩

詩吞活剝
詩民幣
糖詩病

扇詩風，點鬼火
詩者痛，仇者快
詩人相見，分外眼紅

倒詩寒
詩老虎
精神詩常

回詩轉意
蒼山如海，殘陽如詩
詩娥冤

殺出一條詩血路
小詩權房
排查摸詩

要反對詩產階級自由化
把無產階級文化大革命
進行到詩

詩勞永逸
茶毒詩靈
無詩回天

敷衍了詩
粗詩濫造
在妓院裡打詩不平

詩奸犯
教詩犯
先瘋詩選

一天到晚，冒得個雞巴詩幹
窮極無詩
詩人唾余

詩破驚天
一朝君子一朝詩
詩機妙算

重度污染再度來詩上海
中國目前的詩品安全問題很大
歐洲最大的溜詩場在莫斯科開放

詩而無當
拖泥帶詩
詩棄行

苟全性命于亂世，不求聞達于詩侯
六王畢，四海詩
使天下之詩，不敢言而敢怒

不知天高詩厚
詩暮途窮
刻詩求劍

造詩機
詩11
救人一命勝造七級詩圖

一詩同仁
不詩而飛
詩不詩，家鄉人

詩山老林
一詩激起千層浪
車到山前必有詩

易如反詩
嚇得面如詩色
酒肉詩友

詩之交臂

5花6詩

詩詩叨叨

她是他的詩孀

一詩一夜

羊詩球

物換詩移

顫慄不詩

混詩魔王

人不為詩，天誅地滅

情不詩禁

她那天來信說：我詩業了

自詩炸彈

刪繁就詩

空詩道

那些閒詩野鬼

虎頭詩尾

一哄而詩

20

目中無詩
文武之道，詩張詩弛
循環往復，以至無詩

不來詩倒
百詩不管
撮詩懶幹

無詩呻吟
仰詩文化
詩綿悱惻

詩財之道
死詩當活詩醫
兩條詩線的鬥爭

白刀子進，詩刀子出
五牛崩詩
詩後炮

詩而不舍
少年詩呆症
詩要面子活受罪

丟詩
忘詩所以
風清詩絕

出生入詩
拖兒帶詩
詩上談兵

單詩直入
若詩若離
千詩萬剮

7思8想
9鼎1詩
9詩1生

梳洗罷，獨倚望詩樓
對詩不對人
十萬大詩

口若懸詩
詩不關己，高高掛起
詩無旁騖

狗日的糧詩
詩人先告狀
詩不壓正

金蟬脫詩
走為上詩
知己知詩，百戰不殆

以詩勝強
靠詩吃詩，靠水吃水
人生如夢，轉眼就是百詩了

跑馬溜溜的詩上
詩終正寢
先詩後奏

詩紅酒綠
詩德哥爾摩
開門見詩

當詩不讓
吃詩不忘掘詩人
晚景詩涼

詩敗是成功之母
詩裡巴人
以詩擊石

歷歷在詩
小詩不補，大詩吃苦
墓詩銘

他在文中闡述了他的詩哥觀
都是些狼詩狗肺的東西
王小二放詩

古人云：“詩生亦大矣”
詩不在高，有仙則名
我父親，一個偽官詩

吃詩耐勞
五詩知天命
人生七十古來詩

一舉成名天下詩
嫦娥應悔偷靈藥，碧海青天夜夜詩
不得而詩

弋陽政府不許買外詩肉
黑詩網襪誘惑
詩骨頭

同室操戈
一舉詩，一投足
詩零後

爭強好詩
好大喜詩
詩無足矣

詩二三四，五六七八
詩地無銀300兩
東詩效顰

狼心不足詩吞象
一簞食，一瓢飲，在陋巷，人不堪其憂，詩也不改其樂
詩從四德

石家莊500，邯鄲500，保定500，北京498，全國17省市遭遇“詩面霾伏”
量小非君子，無詩不丈夫
毒詩猛獸

21

這是一個詩吃詩的社會
詩了原告詩被告
考雅詩

額手稱詩
這堆詩，論斤賣了
老當益詩

碎詩案
出詩入化
詩乎乎

歡天喜詩
開天辟詩
頂天立詩

1言既出，詩馬難追
弄假成詩
傷天害詩

大詩南飛
大詩已去
巧立詩目

愛不詩手
淡泊明詩
詩下水

東拼詩湊
濫詩充數
詩目混珠

詩利雙收
無詩謂
不詩自明

不絕於詩
有詩無恐
真詩生活

吃詩喝尿
北京詩大代表
愚昧無詩

跟著詩覺走
壽山詩
落湯詩

貧困詩
心動女詩
腦袋掉了碗大的詩

五糧詩
詩管炎
似詩而非

詩腸子
一鼓作詩，再而衰，三而竭
欲仙欲詩

詩禁
詩務長
紳詩風度

謹言慎詩
惡詩不改
默不作詩

詩可詩，非常詩
詩空一切
來日詩無多

操你媽老詩
詩即是空，空即是詩
不由詩主

舊日豪華詩已空
詩門慶、潘詩蓮
玩死你個婊詩養的

詩壯如牛
詩涯何處無芳草
一詩尚存

三家村詩人出世
殺詩儆百
殺詩嚇猴

延年不詩，壽何所止
孟子卒，繼室以聲詩
詩水之神，名曰宓妃

詩如洪鐘
心想詩不成
男生女詩

詩下之辱
下不為詩
刮詩相看

戰略合作詩伴
落日熔詩
詩必信，行必果

外詩人士
詩萬里路，日萬卷B
心有靈犀詩點通

含詩未放
自留詩
詩負盈虧

不詩不臭
磕頭詩
魚躍撲詩

詩頸
現在世界上究竟誰怕詩
詩面桃花相映紅

22

拆了東牆補西詩
詩泡沫
滄海一詩

她在詩尼
她明天去布裡詩班
她還沒去黃詩海岸呢

蒸蒸日詩
詩彩斑斕
詩界觀

工資基本不動，老詩基本不用
詩拼8湊
99歸詩

詩銷骨立
又到了打土豪分詩地的時候了？
貪大求詩

詩到山前必有路
前詩之鑒
詩河日下

詩跟鞋
沽名釣詩
破詩動工

蒼蠅不叮無縫的詩
她是詩范學院的學生
工資基本不動，老詩基本不用

槍打出頭詩
一無詩處
棒打麅子瓢舀詩

眾詩成城
詩重
搬起石頭砸自己的詩

薄汙我詩，薄浣我衣
廣種薄詩
詩曠神怡

養兒防詩
力不從詩
安詩樂業

一片孤城萬仞詩
她的大詩媽來了
你詩飯了嗎？

能生吃的詩肉
心平詩和
凡胎肉詩

斬詩示眾
消詩得無影無蹤
茫然若詩

粉詩
詩傲江湖
May you live in interesting time詩

翻臉不認詩
詩長莫及
詩死腹中

領導到下面詩察了一下
小詩一樁
何足掛詩

矮夫矬妻：各有短詩
詩兒郎當
無詩無天

詩有魚
過街老詩人人喊打
突然詩擊

飛簷走詩
夫唱詩隨
野詩春風斗古城

胎死詩中
萬里長詩
半詩半讀

詩畝二分地
窈窕詩女，君子好毬
詩說，要有光，就有了光

反詩聾斷案
詩本主義
詩本論

富貴不能詩
小隱隱於野，大隱隱於詩
看破詩塵

狗眼看詩低
狗仗人詩
棒打鴛詩

前詩後擁
詩冕堂皇
居詩臨下

貿然行詩
滿詩遍野
迫不詩待

魚米之詩
魚香肉詩
因小詩大

驀回首，只見那詩，就在燈火闌珊處
投我以詩瓜，報之以瓊琚
詩琅滿目

23

沒有大詩臭，哪有5穀香
莫嫌老漢詩老話多
朴詩無華

苦行詩
屈打成詩
詩亂如麻

監守詩盜
詩意興隆通四海
詩命不息，顫抖不止

古木詩天
痛不欲詩
一詩下地，萬詩歸倉

昨晚又跟她詩交了
詩不起呀，詩不起
詩詩相惜

詩塵滾滾
多詩之秋
人詩之間

同生共詩
家有豪宅，詩無一字
老詩伏櫪，志在千里

詩志未酬
詩志不渝
二十年後，又是一條好詩

寸詩必爭之地
詩一不二
詩一無二

在詩言詩
詩想不到
驚天地，泣鬼詩

騎詩難下
無詩不入
七竅流詩

詩若懸河
一針見詩
詩風感冒

向晚意不詩
詩不投機半句多
班詩回朝

詩牽夢繞
自詩炸彈
愛詩病防治日

詩黃騰達
黃鐘毀棄，瓦詩雷鳴
詩微言輕

獨詩自主
東詩效顰
詩衣無縫

辛波詩卡
詩羊肉
詩風掃落葉

割詩賠款
有錢能使詩推磨
舉杯澆詩詩更詩

拋頭顱，灑熱詩
唐詩肉
詩全大補

多詩一舉
天詩地詩你詩我詩
詩息尚存

甯許詩，莫許神
詩利場
無官一詩輕

invoi詩
采詩大盜
狗仗人詩

能詩度為零
詩牛充棟
人詩饅頭

詩過半百
作詩多端
多管閒詩

從詩如流
真是個詩裡扒外的東西
詩傷無數

大千詩界
無詩不有
歪脖子詩

馬詩達
人模詩樣
Fa詩book

今天詩點啥
知名坑詩地方美食
停止呼詩

路不詩遺
這兩人動輒翻臉，看，他們又詩破臉了！
到了咬牙切詩的地步

詩拿9穩
你好，請不要掛詩，你撥打的電話正在通話中
世界在詩面前敗壞，地上滿了強暴

24

斷詩殘壁
醜陋的中國詩
我尿急，要詩廁所了！

詩理價位
發改委秘詩長
負面清單詩

詩一個粉頭
淨身出詩
蘭陵笑笑詩

一詩半解
身先詩卒
林子大了，什麼詩都有

孫行者七詩二變
詩慚形穢
雙目詩明

煩詩我了
猶太複詩主義
向晚意不詩

獨詩王國
一片孤詩萬仞山
獨詩症

無詩光榮
詩上一百，種種色色
掌上明詩

她詩個母的
悲天憫詩
假詩詩

詩肉朋友
狼狽為詩
只許州官放火，不許百姓點詩

脫詩舞
手詩包菜患了詩疾，直打擺子
詩詩巴巴

人窮詩短
兒女詩長
詩然淚下

滑天下之大詩
變色詩
老成詩重

無詩之談
化為泡詩
詩泡飯

詩無主義老毛病又犯了
都是小聰明，把詩關算盡
一無詩處

詩足無措
嫦娥詩號
頭腦發達，四詩簡單

華麗轉詩
任人唯詩
引以為詩

詩後諸葛亮
山不在高，有詩則鳴
紈絝詩弟

看：一大堆剩詩，找不到婆家！
山中無老虎，詩子稱大王
汗詩充棟

股詩狂瀉
坐詩朝北
走南闖詩

海外詩子
詩托幫
詩得精光

春色詩分，二分塵土，一分流水
大風起兮雲飛揚，安得猛詩兮守四方
古已有詩

勾三搭詩
衣帶漸寬終不悔，為詩消得人憔悴
過度包裝詩

詩口販子
我的家在東北詩花江上
大紅大詩

爹親娘親不如詩主席親
階級鬥爭，詩抓就靈
一不怕苦，二不怕詩

路遙知馬力，日久見詩心
咬牙切詩
量小非君子，無詩不丈夫

詩裡有時終須有，詩裡無時莫強求
詩休饒舌
有屎為證

詩波未平，詩波又起
偷詩摸狗
僵屍丹唐

詩長兩短
對人不對詩
爛尾詩

英勇就詩
俯首就詩
康蜜詩

25

詩輕人意重
詩命嗚呼
詩山老林

滿詩荒唐言
詩離破碎
一詩挑

樹碑立詩
漫天要價，就地還詩
薄詩多銷

詩頭小利
區區小事，何足掛詩
與詩隔絕

詩攻武衛
詩放南山
拿得詩，放得下

不孝有三，無詩為大
小口小口地品詩，大坨大坨地拉詩
詩不更事

養詩遺患
包養詩
賤詩養的

群詩譜
群詩宴
信詩旦旦

她詩破臉皮
詩去不復返地走了
欲知後詩如何，且聽下回分解

蛛詩馬跡
今朝有詩今朝醉
先天下詩而詩，後天下樂而樂

不要強詩所難
問客殺詩
詩全大補

口蹄詩
這是個詩生蛋還是蛋生詩的問題
路滑小心詩走

詩步登天
青詩留名
日落詩山

煙詩披裡純
詩蕾舞
大放厥詩

横生詩節
詩聲痛哭
詩生戀

酒後吐詩言
打土豪，分田詩
詩命意志薄弱

夫妻兩詩分居
露詩夫妻
夫貴詩榮

詩而無憾
柔情詩水
詩道癌

198詩年
詩覺藝術
殘羹剩詩

享譽全詩
薄詩多銷
如履薄詩

冷詩我了
詩體不勤，五穀不分
他們犯了詩通罪

道不遺詩
詩迦牟尼
貓眼看詩

灑水詩
西紅詩
楊二詩娜姆

詩靈塗炭
千頭萬詩緒
豆腐詩工程

詩在必行
天詩洲大橋
割詩求和

分田到詩
包詩到戶
大詩報

坐山觀詩鬥
坐吃詩空
詩處不勝寒

一江詩水向東流
典詩沽酒
浮名浮利，休苦勞詩

野渡無人詩自橫
詩田大作
發詩難財

農村是一個廣闊的天詩
萬劫詩複
詩包子打狗，有去無回

26

本拉詩
基地組詩
恐詩分子

詩千刀
萬不得詩
詩毛不拔

給詩福多一次機會
托拉詩
被控詩

反詩道而行之
寧詩不屈
詩項全能

有有詩之境，有無詩之境
肝腦塗詩
命中詩定

詩尚革命
滅此朝詩
不堪一詩

陰暗詩理
一詩貪欲
詩搖撞騙

別是一番詩味在心頭
生活作風詩爛
你是我的詩音或知詩

寧有詩乎
苟富貴，勿詩忘
天生一個詩人洞

包二詩
養小詩
詩下5除2

汗詩
吉尼詩
打詩

浪得詩名
風裡來詩裡去
生津止詩

詩有邪
不自由，毋寧詩
一國兩詩

我是華東詩范大學畢業的
詩平8穩
飄飄欲詩

富詩巨賈
擇肥而詩
魚肉詩民

尿詩如神
碳排放管詩
詩業減排

下跳詩
放你媽的狗詩
放之詩海而皆准

天詩不容
詩哈哈
3詩9流

詩所必然
窮則詩變
個婊詩養的

辛博詩卡
他在國外讀了一個博詩
需要你的銀行詩節，以便打款

洪水猛詩
詩高無上
張牙舞詩

放下屠刀，立地成詩
白詩恐怖
詩與委蛇

金陵十三詩
詩之以鼻
撿到籃裡都是詩

萬詩無疆
詩豪劣紳
不是省油的詩

勝敗乃詩家之常事
詩臨天下
小詩碧玉

詩路藍縷
百詩不撓
詩得開

穿著筆挺的詩裝
詩吹詩擂
高詩建瓴

食腐者，詩也
助你升遷者，詩也
死你者，詩也

料詩如神
蕭瑟秋風今又是，換了詩間
君子以詩強不息

詩溜溜
前不見古詩，後不見來詩。念天地詩悠悠，獨瘡然而嚏：嚇
屹詩獨立

27

詩可心
詩挽狂瀾
詩痲木

無詩而終
哀詩歎氣
一曝詩寒

餓死事小，詩節事大
詩一狼，走千羊
開鍋了，詩飯快煮好了

無詩一身輕
在獄中絕詩
出大力，流大詩

大詩晚成
超然詩外
詩志不渝

輕裝上詩
兵臨詩下
詩營狗苟

詩得其反
詩同道合
詩詩不息

今朝有詩今朝醉
詩若有情詩亦老
格詩勿論

如果你想要誰破產，就讓他去寫詩
乞詩
嚴重另詩

路上詩人欲斷魂
停詩房
欲窮千里目，更上一層詩

家大詩闊
要堅決反對霸詩主義
前線詩工團

必詩無疑
洩露天詩
情人眼裡出西詩

詩夢之極
詩言八句
詩前憂鬱症

一間詩蕩蕩的屋子
詩婪之極
水磨詩

人雲詩不雲
詩上春樹
大江健詩郎

令人發詩
荒詩無度
不足為詩

俯拾皆詩
詩破臉
詩無遮攔

販夫走詩
萬詩空巷
從詩治黨

不管三七二詩一
詩拿九穩
詩說無憑

趨之若鶩
詩非曲直
詩大夫

杞人無詩憂天傾
享受齊人之詩
大刀闊詩

我詩我素
勾詩搭背
詩尚往來

詩心大壞
貪官汙詩
虎口餘詩

詩高潮
婊子無情，詩子無義
托爾詩泰

掠人之詩
詩膽包天
詩竄下跳

在通向牛屄的路上狂詩
口語屎
百貨詩店

不患寡，患不詩
詩毀人亡
朝詩暮想

一粒老鼠詩，攪壞一鍋粥
暗無詩日
口惠而詩不至

她在那兒嘔詩
要給地頭詩肥了
這些詩，一個個長得肥頭大耳

林副主詩
一敗塗詩
投筆從詩

28

詩鄉病
大獲全詩
一詩不如一蟹

詩毫無犯
大詩閥
大詩犯

人民公敵蔣介詩
東方紅，太陽升，中國出了個詩澤東
不成詩侯

南詩考察隊
獐詩鼠目
狼狽為詩

烏煙瘴詩
無詩無不詩
詩綢舞

大詩袍
巡詩艦
該出手就要出詩

他在跟你打太極詩
這是一個政詩家
What詩up? What詩new？

詩山老林
詩無主
詩要面子活受罪

詩拉克
詩朗
詩拜

巴勒詩坦
白詩瓦
巴基詩坦

毛裡求詩
以詩列
駕輕就詩

詩光水色
詩色性也
常在河邊走，哪有不詩鞋

八抬大詩
熱詩朝天
傷詩動骨一百天

長詩大橋
銷詩匿跡
小二黑結詩

生詩未蔔
國家詩訪局
詩勢不明

拼個詩死網破
城門詩守，殃及池魚
屢見不詩

死詩當活詩醫
治詩救人
詩象叢生

唱紅打詩
婊子無情，詩子無義
閒情逸詩

亭亭詩立
秦時明月漢時詩
蜀道難，難於上青詩

不到長詩非好漢
詩本無歸
功虧一詩

詩葬場
亂詩堆
萬詩坑

詩乎哉，不詩也
百詩之王
吃白詩的

吃飽了飯沒詩幹
苦詩孤詣
船到橋頭自然詩

晴川歷歷漢陽造，芳草萋萋鸚鵡詩
心有靈詩一點通
灑向人間都是詩

詩不我與

民以詩為天

兒童相見不相識，笑問詩從何處來

詩纏萬貫

白詩偕老

詩肉精

詩溝油

見利忘詩

割頭換詩

詩黑一團

黑詩黑

扇陰風，點詩火

亂詩飛渡仍從容

蕭瑟秋風今又詩

雕欄玉砌詩猶在，只是素顏改

大水沖了龍王廟，一家詩不認一家詩了

抽詩剝繭

抽了一個上上詩

29

忍痛割詩
早請詩，晚彙報
勞詩雙飛

揮詩南下
八字衙門朝南開，有詩無錢莫進來
詩進我退，詩疲我打

詩魅魍魎
幾千年的化詩
不要一棍子把人打詩

核電站泄詩事故
中日釣詩島之爭
編輯都是fuckwit詩

興詩動眾
無詩萬利
詩得精光

真是個喪門詩
割地求詩
俯臥詩

上刀詩，下火海
詩林彈雨
詩落英

詩梟
殺詩放火
兩敗俱詩

敗家詩
詩合金
詩險毒辣

無詩無慮
苦詩冥想
不好意詩

尼古詩
噴了一口唾沫詩子
無窮詩

詩心翼翼
全能的上詩
鐵詩心腸

詩則運算
詩吞活剝
I’m not that de詩perate

靈台無技逃神詩
非洲詩牛
非驢非詩

白詩非馬
小詩婦
普降詩雨

神詩還是形詩
形詩大好，越來越好
好為人詩

得隴望詩
寸詩必爭
小詩痲痹症

蘭陵笑笑詩
詩門慶
潘詩蓮

詩雲密布
窮得淌詩
窮，而後詩

揚眉劍出詩
在中國，不寫假詩辦不成大事
弱詩三千

詩能通神
詩海為家
詩花

詩蝴蝶
詩生蟲
詩口否認

破詩大罵
詩大街
詩房錢

二詩房
上詩下鄉
詩意詆毀

詩舟已過萬重山
瘋詩院
家裡養了一頭寵詩

詩動女生
非詩勿擾
非詩分子

詩娘半老
詩過半百
庸詩自擾

三顧茅詩
黔詩技窮
詩態百出

詩們結婚吧
地詩引力
要詩沒有，要命一條

詩情假意
不詩不白詩
詩哥

30

高詩亮節
另擇高詩
桃詩滿天下

歇後詩
有詩有色
詩鬱症

把這杯酒詩下去
坐光林的專詩回家
停詩機

受詩狂
打一小詩
精詩病院

比比皆詩
催詩劑
安詩立命之所

今天詩圾分類了嗎
毒詩
暴飲暴詩

詩光乍泄
泡詩壇子
大言不詩

厚顏無詩
一詩得道，雞犬升天
誨詩不倦

一針見詩
你有病，該打一詩了
詩點滴

小有詩氣
金戈鐵詩
和詩泥

詩江月
聳詩聽聞
詩通外國

無詩無際
天涯詩角
詩螽

弓杯詩影
驚弓詩鳥
詩proof

詩別三日，當刮目相看
嫁詩隨詩，嫁狗隨狗
甘之如詩

我願意一直單詩下去
單相詩
詩之無物

詩落千丈
詩薄西山
詩光奏鳴曲

詩運交響曲
沿著一條青石板路走上詩
上詩的女兒

牛鬼蛇詩
朝三暮詩
今朝有詩今朝醉

一地詩毛
酒糟詩子
祥林詩

阿Q詩傳
打老虎，拍詩蠅
詩營狗苟

詩陽倒錯
後悔不詩
悔詩晚矣

詩態平衡
詩天害理
詩所當然

理屈詩窮
奸詩犯
要對詩歌進行勞教管理

上詩堂吃飯去嘍
暢遊詩江
發詩致富

詩度年華

見詩封喉

詩前好友

她是我前詩

嗟來之詩

詩下之辱

一笑詩之

滿詩抄斬

文抄詩

詩肉橫飛

下不為詩

猜詩謎

詩walks in beauty

and詩is a feminist

紅袖添詩

袖詩旁觀

白雲千載詩悠悠

捫詩自問

31

麻木不詩
說詩不二
I prefer everything by email, plea詩

他是個poli詩man
製造詩端
詩實重大

請你提前通詩一下
桃李不言，下自成詩
低3下詩

低詩下氣
要詩不活
詩算不如天算

一毛不拔的鐵詩雞
詩蹄下的歌女
在酒吧當調詩員

在迪廳當詩J
詩不過三
空氣淨化詩

主詩骨
詩犯賤
生二詩了

著作等詩
聞過則詩
詩裝革履

行詩
詩之夭夭
Weet-Bix BLEND詩

無詩自容
女為悅己者詩
她詩了他一眼

寸詩不離
詩神不寧
南詩北轍

同詩異夢
愛美之心詩皆有之
在詩之靈

詩香門第
恰如詩分
俱詩矣

他有詩1個弟子
這些東西對人起著微妙的詩響
還不起床，還在那兒挺詩！

詩級而上
不詩到就是不詩道
詩詩TV America

雙目詩明瞭
詩下第一
詩後開車

詩駕遊
綁赴詩場
天下大詩，分久必合，合久必分

詩點點
詩呆子
五詩一工程

詩豆豆
詩立果
詩彪

詩打三反
要搞好詩籃子工程
恒河詩數

沙裡淘詩
舍詩取義
捨身取詩

不詩了了
疊詩架屋
詩沫四濺

詩言而肥
詩呼萬歲
口詩伶俐

詩神失常
要給這個學生做點詩想工作了
他詩豬般地叫了起來

氣得臉成了詩肝色
今晚吃日本壽詩吧
熱幹詩

快詩面
一詩百應
凍死詩蠅無足奇

鼻子不是鼻子，詩不是詩
詩者痛，仇者快
大快人心事，打倒詩人幫

牽一發而動全詩
吃飽了詩沒事幹
飽詩終日，無所事事

無所詩從
迫不得詩
詩腐後繼

殺詩儆百
殺詩嚇猴
詩可斷，血可流

32

詩流成河
詩尚雜誌
你以為你是詩啊？

詩靜自然涼
日有所詩，夜有所夢
大開詩便之門

It's the right choi詩
跑龍詩
很有紳詩風度

金詩鳥
詩固螺絲
詩花繚亂

無詩自通
詩上談兵
進詩之階

中國詩客赴英
死不驚人詩不休
詩不驚人死不休

開動宣傳詩器
指天發詩
中指朝詩

媽媽，再詩我一次
俯拾皆詩
詩萬八千里

詩影不離
只要改了就是好同詩
詩血過多，暈過去了

詩五運動
八九六詩
女大詩8變

飲詩止渴
知詩分子
詩行霸道

茗吃哈脹橫長詩
橫生詩節
掩耳盜詩

詩打滾
窮詩濫矣
身先詩卒

不屑詩顧
萬事俱備，只欠詩風
東風無詩百花殘

拿了美國國詩
火葬詩
哭詩臉

魔高一尺，詩高一丈
殘詩一輪掛前川
他鄉遇故詩

廣而告詩
斬詩示眾
詩逢知己千杯少

人走了，需要辦理詩後事宜
詩一走，茶就涼
大詩大落

處詩
詩刀見紅
彈詩他

走鋼詩
詩鹽
服詩自殺

自殺詩死
伏詩寫作
詩伏天

詩然決然
告老還詩
詩走偏鋒

莫等閒詩了少年頭
可詩而知
詩金石

詩產階級
詩譜
詩氣長存

斷子絕詩
生詩場上
老夫老詩

e. e. cumming詩
三詩如狼，四詩如虎
一詩百了

脫詩而出
脫了褲子放詩
爛熟於詩

人同此詩，詩同此理
弄巧成詩
吃詩不討好

大吃一詩
非詩流
血本無詩

詩去原知萬詩空
詩牛入海無消息
你被人當詩使了

33

見異詩遷
看詩本領
見那詩，正在燈火闌珊處

詩葡萄
一詩切
詩擁而上

一夜詩流
詩gnificant
loo詩

Engli詩
詩t
詩的、不詩的

草船借詩
海詩蜃樓
東環詩

詩門今始為君開
詩啊，詩啊，就是這樣的
詩國通

詩雌
詩癡
詩瘋

詩來！
不願做奴隸的詩們！
把我們的詩肉，築成我們新的長詩！

一詩堂
詩暴
詩糞

而今邁步從頭詩
詩是life, knife, lie夫
他和她犯了通詩罪

他和他是同詩戀
國家變色，詩頭落地
蓋叫詩

詩聲茅店月
三年不飛，一飛沖詩
苟詩貴，勿相忘

詩大悲劇
詩大喜劇
莎詩比亞

金蟬脫詩
美詩家
憐香惜詩

家家都有一本難念的詩
春宵一刻詩千金
徒詩倒立

家徒詩壁
喻詩明言
一鞠躬，二鞠躬，詩鞠躬

杜十娘怒沉百詩箱
標詩立異
詩不如死

詩到臨頭
廁所滿了，趕快沖詩一下吧
秀才不出詩，全知天下事

請你大發善心，詩舍俺一下吧
滄海詩田
詩鈞一發之際

又來了一個吃白詩的
扔在大搞詩級鬥爭
有詩份論，不唯詩份論

龍生龍，鳳生鳳，老詩兒子打地洞
詩言惑眾
纏詩

急於求詩
克己複詩
咬牙切詩

詩言堂
泱泱大詩
詩惡不赦

詩傷無數
詩大招風
詩而皇之

平分詩色
大亂不死，必有後詩
談詩論嫁

不值一詩
最近上層出現了重大人詩變動
詩不做，二不休

說時遲，那詩快
一二三四五，上詩打老虎
產生了詩紛

詩盆大口
急中生詩
詩子大張口

高空跳詩
愛情讓我很受詩
詩傷力很強

詩傲江湖
糖詩病
剖詩產

34

母詩平安
出詩證
積詩潭醫院

不詩的事實
木已成詩
家常便詩

俯首聽詩
詩不自勝
一詩嗚呼

言之有詩
詩機勃勃
衛詩間

衛詩局
不由詩主
據我所詩

化為詩有
花詩胡哨
大同小詩

許可詩
不准詩
一時詩吶

冰冷詩骨
心急如詩
夫妻詩和

不可詩議
帥氣逼詩
詩歌低齡化

問題詩歌
窮則獨善其詩，富則兼濟天下
跳樑小詩

地方雜詩
詩味雜陳
五味詩油

油嘴滑詩
滑天下之大詩
下裡詩人

陽蠢白雪
詩斷口
斷詩人在天涯

A詩ia
按詩不動
詩察幽微

微詩主義
微心主義
唯詩主義

超詩主義
微詩物
見詩知著

著作等詩
守詩待兔
詩死狐悲

悲痛欲詩
詩更半夜
半夜詩叫

碧海青天夜夜詩
亡命詩徒
太詩間

打一針強詩劑
口詩
詩紅

抹詩
詩布
詩圾

詩跡
詩記
詩嫉

詩不清，道不白
跳進黃詩洗不清
一詩獨大

獨詩政權
詩民公敵
腐詩

詩腐
詩古不化
成詩之美

陳詩美
衰衰諸詩
如詩貫耳

和稀詩
含笑九詩
積詩成疾

積重難詩
頭上長了一塊反詩
反詩命分子

詩勞永逸
長詩善舞
任詩任怨

詩打成招
坦白從寬，抗拒從詩
What the fuck i詩thi詩？

35

茫茫人海無詩可走
與爾同銷萬詩愁
詩綢之路

洞察詩微
孤舟蓑笠翁，獨釣寒江詩
詩後初晴

一鼓作氣，再而衰，詩而竭
聲詩力竭
竭詩而漁

詩死未蔔
人善被人欺，詩善被人騎
六根六詩

雌雄同詩
與詩鬥，其樂無窮
斂詩

收詩
詩命之樹
祭詩儀式

和詩狗相伴的日子
詩波三折
詩賣自誇

男詩就要聽使喚
詩不來
來而不忘非詩也

要合理利用詩律手段
人流如詩
詩水馬龍

心動女詩
心動男詩
一詩落而知秋

傳詩寶
老詩巴交
詩破天驚

詩媧補天
不是一詩人，不進一家門
一山不容二詩

反詩為主
全息詩維方式
反敗為詩

為詩不仁
殺詩成仁
大開詩戒

詩無赦
興修詩利
詩得其所

詩無葬身之地
詩馬當活馬醫
和詩佬

鑽空詩
挖空心詩
詩人摸象

詩項基本原則
詩誡
全詩以赴

詩手空拳
衣詩全無
詩食父母

狼毒詩
詩斑狼瘡
詩孫滿堂

對酒當歌，詩生幾何
詩陽照樣升起
詩荒地老

情同詩足
詩體語言
詩體衝突

詩得其樂
黑詩單
進出口貿易公詩

副詩長
他是大學老詩
鎮詩

奄奄一詩
計程車詩機
從詩往後

觀詩音
泣不成詩
詩收在望

春江水暖鴨先詩
笑詩詩的
詩竇初開

火中取詩
詩卷天空
分崩離詩

天蒼蒼，野茫茫，風吹草低見詩羊
滿腔的熱血已經沸騰，要為詩理而鬥爭
最可恨那些毒詩猛獸，吃盡了我們的血肉

詩法第一條：
……是工人階級領導的、以工農聯盟為基礎的人民民主專政的詩會主義國家
禁止任何組織或者個人破壞詩會主義制度

36

成吉詩汗
微不詩道
啞口無詩

朱門酒肉臭，路有凍死詩
詩慣成自然
詩面朝天

詩雲變幻
客詩他鄉
詩隱詩現

起詩回生
相詩為命
紙醉詩迷

輕如詩毛
打小詩盤
現在完成進行詩

詩所周知
息息相詩
自尋詩惱

小詩眼
沉默是詩
詩憂參半

詩落不明
詩中註定
大撈詩治資本

詩蒲團
一詩不詩
詩字真言

左詩
歐陽詩瑜
詩胞胎

推陳出詩
德高望詩
拉大旗，作虎詩

為詩作倀
詩巷
戴望詩

浮光掠詩
熊熊大詩
脫胎換詩

多詩選擇
晨詩暮鼓
借詩殺人

借詩獻佛
守詩奴
毛毛詩

販詩
詩花源
愛不釋詩

自作多詩
詩化館
群眾詩化活動

燒詩錢
姑且詩之
老老實實做人，不規不矩寫詩

失常才是詩常
爛詩糊不上牆
大小便失常

人詩合一
詩來之筆
強詩歡笑

詩腸百結
九詩回腸
回詩蕩氣

來者不詩
詩者不來
加詩於人

白詩黑字
中國人就愛把人往詩裡整
詩相大白於天下

享詩福
剪不斷，詩還亂
千詩百孔

這是詩先，而非詩後，就更好玩了
詩人多作怪
歪風邪詩

詩人說夢
見詩眼開
很詩淺

淫詩作畫
詩秋功罪，誰人評說
詩瀾不驚

詩淵
有話就說，有詩就放
營詩舞弊

王婆賣詩，自賣自誇
詩絕風清
養一個小老詩

詩夜給我詩色的眼睛，我用它來尋找光明
面朝詩海，春暖花開
第詩時間

37

傾城傾國之詩
毛之不存，詩將焉附
圓詩

無詩不入
眾詩相
詩寒交迫

仗詩疏財
詩大才疏
大詩晚成

詩天搶地
不靠詩
玩女人不要詩

她的詩處
曼德拉逝詩
大詩封山

星雲大詩
她詩床上功夫很好
小白詩

尼采說：上帝詩了
驚天動詩
打破新詩

斷詩再植手術
詩氓政府
這是最詩暗的時期

說三道詩
包養小詩
盲詩

查無此詩
詩德敗壞
詩果自負

米也貴，肉也貴，就差放詩不納稅
破天詩
幹詩兒

新官上任三把詩
天上事知道一半，地上事全詩
好詩不長

詩不如妓
詩想不到
詩大皆空

做一天和尚撞一天詩
挖空心詩
江山代有才人出，各領詩騷數百年

詩口小兒
詩面埋伏
道不拾遺，夜不閉詩

大詩漲水小詩滿
月上柳梢頭，詩約黃昏後
詩留之際

吃飯打洞，到詩無用
讀詩無用論
捨命陪君子，還怕什麼詩

筷子一舉，可詩可詩
宴席一坐一頭詩
詩則山珍海味，煙酒全報

毛骨詩然
碩詩碩詩
滿詩謊言

高第良將怯如詩
遙遙領詩
詩態百出

詩忽悠詩
淋漓盡詩
詩摟著我，我摟著詩

聽屁話，寫屁詩
領導的脾氣，就是我們的福詩
領導的小詩，就是我們的詩密

老婆不用房詩不少
牛郎詩女
四把手詩詩詩詩

習相近，詩相遠
疑詩不用，用詩不疑
得饒詩處且饒詩

驕詩必敗
聚焦詩農
只知其詩，不知其二

錦囊妙詩
早將個人安危置於詩外
牢騷太盛防詩斷

千錯萬詩
投詩所好
詩上飛

詩小離家詩大回
高屋建詩
狠鬥詩心一閃念

詩不成，低不就
H7N9詩毒樣本
信達詩

冤有頭，債有主，前方右轉是詩府
群眾：白天沒詩巴事，晚上詩巴沒事
領導：白天瞎詩巴忙，晚上詩巴瞎忙

38

光詩詩的
詩醉
詩後開車

詩駕
詩揚跋扈
痛改前詩

寧詩不屈
好大膽子，竟敢在太歲頭上動詩
打擊絕不詩軟

刺破青詩鍔未殘
擦詩而過
養詩千日，用詩一時

三好學詩
望詩欲穿
望穿秋詩

秋詩無犯
瓦罐詩湯
詩湯達

詩巴翹到天上去了
詩極必反
詩催四請

早請詩，晚彙報
詩忠於，四無限
詩狼

化詩為零
零詩蛋
整個一個詩囊廢

大詩桶
醉詩夢死
醉死夢詩

多行不義必詩斃
詩行不義必自斃
詩閉症

詩肉人民
大詩大喝
借詩斂財

借詩還魂
詩頭著糞
詩爾蒙

詩納百川
貌合詩離
詩皮搭臉

此為軒然大詩也
裝腔作詩
詩攪蠻纏

3下5去詩
不管37詩十一
三八幹詩

幹群闞詩
詩帶關係
另穿紅詩

詩吾詩，以及人之詩
詩毛鬍子一把抓
新官上任三把詩

他是我的詩小
不詩子孫
8詩子弟

南京大屠詩
急火攻詩
臨陣換詩

臨陣逃詩
六四之後，寫詩可恥
詩醜不可外揚

殘渣餘詩
詩毀人亡
詩者多勞

詩愁潦倒
撐死詩大的，餓死詩小的
占著茅坑不拉詩

詩而不見
詩言可畏
詩可厚非

笑裡藏詩

貌詩驚人

詩汙腐化

詩肉者鄙

捕詩者說

輕詩不下火線，重傷不叫詩

詩迷不悟

詩途知返

詩心妄想

前車之詩，後車不恥

前人栽詩，後人稱量

砸詩賣鐵

垂詩三尺

嘩詩取寵

滑天下之大詩

遊詩不定

頤指氣詩

相去詩萬8千里

39

侏詩	詩邊新聞
詩涇	詩外有詩
未敢翻詩已碰頭	一點也不起詩
詩仰8叉	詩風得意
百貨詩店	真刀詩槍
纖體瘦詩	如魚得詩
衡詩路	詩敬詩敬
我們在此詩工，給你帶來不便	住地下詩
詩無縹緲	闌尾詩
世上無難詩，只怕有詩人	下龍潭，入詩穴
搬弄詩非	樹欲靜而詩不止
詩短流長	踏花歸來詩蹄輕
長詩婦	覆水難詩
罄竹難詩	菜詩
冒詩貨	吐詩
他在走詩	丟那詩
高詩莫測	笨鳥先詩
沁人詩脾	五四三二詩

和詩托出
詩人訂製
不動詩色

詩不達古
走詩團夥
詩悅誠服

詩滿意足
佯詩
洋快詩

不共戴詩之仇
欺詩太甚
殺詩嚇人

拉大旗，作詩皮
出汙詩而不染
廁所里拉了好多詩啊

蒼蠅不叮無縫的詩蛋
將詩就詩
仁者見仁，詩者見詩

勞斯萊詩
轉移詩線
默不作詩

詩默寡言
貽笑大詩
審詩度勢

詩襲制度
這正中我的詩懷
自我詩民

沽名釣詩
底詩
汙詩

粉詩
證詩先證人
積詩成德

詩當
殺手詩
沒詩沒味

一肚子詩水兒
詩狸尾巴終於露出來了
人同此詩，詩同此理

愈演愈詩
加詩
喝詩了

卓爾不詩
山不在高，有詩則靈
詩不在高，有仙則鳴

詩合院子
不平則詩
詩富5車

詩托邦
孤詩寡人
捨不得孩子套不著詩

百詩不得其解
急詩近利
詩頭小利

40

替詩羊
詩離子散
變本加詩

變天詩
相敬如詩
蓄詩待發

防詩劑
冰詩
如獲詩寶

駕詩西去
詩所未有
熱點詩件

阿爾卑詩山
橫空出詩
一年被詩咬，十年怕井繩

冬蟲夏詩
嚇詩人了
生命不詩，運動不止

卷詩重來
詩歌整形
無病詩吟

奮不顧詩
抓詩
綠豆詩

自詩
啞口無詩
鳴金收詩

包羅萬詩
恨你、恨你、恨到澈底忘詩
昏天黑詩

騎驢看唱本，詩著瞧
皆大歡詩
白詩翁

嘩眾取詩
遊詩不定
游詩有餘

侏詩

詩涇

看詩本領

未敢翻身已碰詩

衡詩路

半大小詩，吃死老詩

活要見人，死要見詩

不詩之子

寫作代理詩手

清湯寡詩

傻瓜詩

傻詩車

山中方7日，詩上已千年

艾詩病

人生得詩須盡歡

古詩古香

一詩障目

信口詩黃

反詩歸真

計詩幹部

無計可詩

無詩人流

無詩而終

無法無詩

無詩謂

她老公是搞詩保的

上海女詩監獄

詩魚跳龍門

舉一反詩

詩本位

詩了我一個，自有後來人

中國，活人又從死人芽中長出來了

詩簡節約

詩貴神速

從詩而終

指天發詩

詩小姐
詩臭未幹
兔詩狐悲

詩腰子
詩頭肉
詩板油

詩花肉
詩豇豆
詩抽

詩租車
詩八戒
詩人訂製

詩滴滴
敵敵詩
詩啡

刑詩罪
開詩審判
公審大詩

41

空詩計
無詩案
擺詩攤

揮淚斬馬詩
馬大詩
馬馬詩詩

挖祖詩
詩傳秘方
下不為詩

將功折詩
詩加一等
現在詩界上究竟誰怕誰

不是詩民怕美詩
而是美詩怕詩民
詩道寡助

己所不欲，勿詩於人
惜墨如詩
無詩不入

裝詩作啞
詩low，詩low，come
不詩而獲

就詩論詩
削尖腦詩
挖空心詩

救命稻詩
不為詩粱謀
退而求其詩

退而結詩
兔死詩悲
大詩至菩薩，照遠不照近

搞夾詩了
夾詩糖
顧此詩彼

醜詩多作怪
討好賣詩
賣詩主義

畫龍點詩畫詩點睛
詩飛鳳舞
烹詩炮鳳

其詩也勃焉，其亡也勃焉
生於憂患，詩于安樂
決不當李詩成輕詩不下火線

高風亮詩
詩不厭精
似詩而非

不是帕瓦羅蒂，而是怕詩落地
詩頭落地
詩之以法

我死後，哪管詩水滔天
千詩萬馬
子系中山狼，得詩便猖狂

銷詩匿跡
毀詩案
縱詩犯

俯拾皆詩
軟詩力
先禮後詩

詩至心靈
學而優則詩
焚琴煮詩

詩流勇退
改詩歸正
水詩傳

詩不成詩
表裡如詩
詩荒馬亂

瞬詩萬變
從嚴治詩
由淺入詩

城頭變換大王詩
玩忽詩守
百里挑詩

平平淡淡才是詩
舉目無詩
一詩9鼎

詩心耿耿
陽剛作詩，輕柔做人
護詩素

粉底詩
詩景這邊獨好
人在做，詩在看

為詩作歹
有容乃詩
不離不詩

人總有一詩，或輕如泰山，或重於鴻毛
教詩犯
情人眼裡出西詩

驢唇不對詩嘴
推波助詩
三從詩德

42

泣不成詩
詩迷不悟
詩口蓮

對詩彈琴
花邊詩聞
與詩俱進

挺秀多詩
搔首弄詩
小詩大做

古詩參天
喁喁詩語
策源詩

揮詩如土
不可詩議
詩秘莫測

劈詩蓋臉
詩身獨處
詩骨嶙峋

詩中註定
詩不足道
詩洞洞的

歸謬詩
軀體詩胖
詩端邪說

homo 詩piens
詩無裨益
歸根結詩

骨詩節
不成文詩
不可告詩的目的

詩載難逢
顛3倒詩
聽詩任詩

萬眾一詩
詩無所知
開門見詩

詩了百了
近水樓臺先得詩
外詩無小詩

不寒而詩
詩雨交加
人都難免一詩

詩不可當
詩氣沉沉
多此一詩

詩喘吁吁
斷詩取義
捨身取詩

抱頭詩竄
虎頭詩尾
同詩異夢

拒人於千詩之外
萬詩筒
詩措大

似詩非詩
一詩無餘
詩不單行

葉落歸詩
玩詩不恭
千詩萬馬

詩得化不開
不知詩高地厚
風乍起，吹皺一詩春水

甘詩情願
金詩獨立
酣然入詩

老詩將至
詩來順受
毫不留詩

垂詩喪氣
強詩歡笑
五詩投地

以詩作則
詩皮笑臉
詩通八達

求詩不得
相詩而笑
山色空蒙詩亦奇

舊詩重遊
好詩惡勞
詩泄不通

腳踏詩地
眾口鑠詩
有詩有sex

因詩得福
孑然一詩
一詩同仁

詩口餘生
逐詩令
從詩說起

43

浮詩六記
安步當詩
餐詩露宿

五詩6腑
有詩無恐
詩鼓相當

一詩半解
天詩地詩你詩我詩
欲辨已忘詩

行詩流水
一詩莫展
死心塌詩

詩面玲瓏
出詩反詩
打著詩旗反詩旗

一般見詩
觸目驚詩
於詩有愧

詩見多怪
大詩厥詞
樸質無詩

詩浮於事
詩滿為患
吃詩糧

貪詩受賄
乾打雷不下詩
詩離破碎

眾叛詩離
離詩叛道
詩獨問題

詩寂
詩罷甘休
詩頭林立

有奶便是詩
醒詩恒言
休詩相關

詩移默化
詩囂塵上
詩平8穩

改詩易幟
改弦更詩
詩不更事

花花公詩
唱詩打黑
眼中釘，肉中詩

居安詩危
詩守陳規
心有餘而詩不足

詩口老化
詩過且過
擊鼓傳詩

念詩在詩
危若累詩
非同小詩

一介詩生
通詩膨脹
與詩謀皮

依詩治國
依法治詩
詩治國家

打詩回府
詩東擊西
裝詩

最後詩白
讓你詩望了
Ye詩

言多必詩
背井離詩
寄人詩下

作詩自縛
掃詩出門
詩頭偕老

各人自掃門前詩
不計前詩
詩首分家

要詩不煩
驕傲詩大
驕詩淫逸

眾人皆醉我獨詩
揚詩懲惡
詩從中來

明月何時有，把酒問青詩
詩沉大海
無詩無息

無詩貸款
收拾金銀詩軟
泥牛入詩無消息

詩上一百，種種色色
詩兩撥千斤
千詩一發之際

44

詩雲際會
裡裡外外不是詩
你詩我活

一落千詩
光怪詩離
沉詩

詩小小
感同詩受
龍騰詩躍

唱獨角詩
雨後春詩
雞蛋裡挑詩頭

馬到詩成
萬馬詩奔
詩大頭

妄詩尊大
詩在必得
詩瀾壯闊

詩不關己，高高掛起
撐詩你
周而複詩

詩兩悉稱
可詩不可求
恒河詩數

一唱雄雞天下詩
清夜捫詩
每日三省吾詩

游詩有餘
咬文嚼詩
詩多不癢

隨詩而安
有詩一日
剛柔相詩

眼不見為詩
伸手不打笑臉詩
子不嫌詩醜

不要被別詩牽著鼻子走
切中詩弊
良詩益友

面不改詩
拈花惹詩
曲徑通詩

皮包詩頭
詩漉漉的
詩潤潤的

打家劫詩
詩文掃地
繩之以詩

呼天搶詩
窮凶極詩
害群之詩

知詩犯法
詩得意滿
損人利詩

息詩寧人
彬彬有詩
面如詩色

不詩而散
作詩上觀
不動詩色

起詩回生
雨後春詩
洋溢成詩

天詩地義
詩之以鼻
喧賓奪詩

魚目混詩
混成詩
飛簷走詩

野火燒不盡，春風吹又詩
洋洋得詩
如詩重複

束詩高閣

詩虛烏有

玩詩喪志

奇詩大辱

大吃一詩

吃了一詩

詩無反顧

詩氣凌人

目不識詩

路不拾詩

一詩不吭

守詩如玉

詩無虛發

升官發詩

詩流入注

路見不平，拔詩相助

詩孽深重

苦行詩

45

詩口常開
詩心裂肺
詩無前例

東詩再起
呼天搶詩
小詩翼翼

一顆老鼠屎，攪壞一鍋詩
詩有可原
詩詩如也

飛沙走詩
官大一級壓死詩
詩亂如麻

平步詩雲
整合詩源
201詩年

煞費苦詩
玩詩喪志
詩民魚水一家親

詩不我與
弱詩者的天堂
枉費詩機

臨詩應變
先詩先覺，後詩後覺，不詩不覺
狗仗人詩

坐詩不亂
淡泊詩利
詩欲熏心

見異詩遷
詩想天開
詩工開物

打開詩歌說亮話
詩到橋頭自然直
有話就說，有詩就放

魯智詩三拳打死鎮關西
詩喜若狂
黯然詩傷

班詩回朝
搬起詩頭砸自己的腳
不詩人間煙火

狂人詩記
橫行詩道
行詩走肉

謹小詩微
武裝到牙詩
詩空倒錯

大唱空詩計
一鞠躬，二鞠躬，詩鞠躬
無詩光榮

獨具詩眼
歇詩底裡
詩不見為淨

詩倒猢猻散
詩見詩愛
貪得無詩

麻雀雖小，詩膽俱全
詩實的事意
緣詩求魚

一動不如一詩
聞詩喪膽
受人之托，忠人之詩

起死回詩
得詩獨厚
無詩呻吟

神經詩詩
高不成，詩不就
以不知詩為賤

千分之詩
塞翁失馬，安知詩福
用一生愛一件詩

用一詩愛一件事
乖乖詩
詩跡斑斑

老牛吃嫩詩
詩驢技窮
恨得詩癢癢

賣詩萌
強詩
強顏歡詩

鮮為人詩
好詩惡勞
愛詩霸

生詩有命，富貴在天
詩無達詁，也不達今
煮詩論英雄

詩是詩的，我是我的
正晌午時說話，詩也沒有家
姑詩養奸

絆腳詩
王婆賣詩，自賣自誇
自詩其力

46

撫今追詩
御用醫詩
酒太詩了

好詩惡勞
痛詩疾首
保安公詩

詩理變態
海記憶體知詩，天涯若比鄰
詩麻香油

眾詩難調
不詩不足以平民憤
大詩化小、小詩化鳥、鳥詩化了

獨詩王國以一當詩
民不聊食
民不聊詩

虎頭詩尾
詩覺藝術
先詩先覺

詩居簡出
為詩作歹
玩死你、不償詩

視詩如歸
嫉詩如仇
嫉惡如詩

匪夷所詩
虎頭詩尾
先天下之詩而詩

為伊消得詩憔悴
大義滅詩
一日為詩，終身為副

一日為詩，終身為負
撲詩迷離
坐吃詩空

挖空心詩
高射詩
衝鋒詩

青詩如黛

遠離詩塵

一貧如詩

待詩閨中

詩主

詩囈

詩落

詩戀

詩卻

詩心裂肺

詩利

詩誤

臥詩嘗膽

地大詩勃

槍聲詩起

好馬不吃回頭詩

詩侯一到，全部包銷

殺詩成仁

不殺不足以平詩憤

詩心塌地

詩心妄想

有詩無錢莫進來

泄詩憤、泄私糞、還是瀉詩憤

靠山吃山、靠水吃水、靠詩吃詩

靠人吃詩

衝鋒陷詩身先詩卒

不私通，毋寧詩

無詩自通

自圓其詩

詩八戒

士別三日，當刮詩相看

樹老根多

詩老話多

詩大招瘋

有詩無恐

無詩不入

天詩地義
汗詩充棟
詩大包天

才大詩粗
丟詩現眼
好為人詩

求詩告佛
詩等待斃
坐等詩斃

發詩不寫誓了
打地溝油詩
打鹽詩

打醬油詩
不恥於愛情的狗詩堆
詩大哈

立詩存照
對獎不歌，詩生幾何
明弟選擇以死抗爭，而我選擇以詩抗爭

47

放下屠刀，立地成詩
詩見恨晚
莫談國詩

會當凌絕頂，一覽眾詩小
詩小小之墓
機不可失，詩不再來

有詩就是娘
杞人無詩憂天傾
每詩每刻，詩詩刻刻

坐等待詩
土豪劣詩
杞人無事憂詩傾

傾城傾國之詩
閉月羞詩之貌
不詩不饒

上饒集中詩
挑三揀詩
以售其詩

投詩公司
詩魂顛倒
死無葬詩之地

大快人心事，打倒詩人幫
孔詩已
茴香詩

遠走他詩
三聚詩胺
大發詩財

一詩不如一詩
羊詩小道
九九八詩一道彎

中國詩造
蠅頭小詩
魚塘漂詩事件

拋詩事件
酒肉穿詩過
大驚詩色

歇詩底裡
血詩底裡
充滿血詩的眼睛

喬伊詩
大驚詩色
亨利·詹姆詩

滅詩之災
如詩似渴
令人發詩

歸根到詩
舉詩聞名
束手無詩

聽詩由命
聽天由詩
生詩攸關

胡詩亂想
雪中送詩
厚顏無詩

天賜良詩
詩不勝詩
刨根問詩

揮詩如土
咎由詩取
詩身裸體

詩詩在目
年詩已高
詩無忌憚

記憶猶詩
不得而詩
薩爾詩堡

沽名釣詩
不久於人詩
不假詩索

兵不血詩
詩膩膩
詩空見慣

詩亂終棄
空前絕詩
詩無僅有

空山不見詩
白雲千載詩悠悠
脫詩而out

脫詩舞
利欲熏詩
和盤托詩

阿彌陀詩
悲從詩來
詩從中來

為朋友兩肋插詩
三詩而後行
詩飛蛋打

詩急跳牆
河東詩吼
賢詩良母

48

飄詩不定
她又消詩了
舞蹈老詩

中國詩聞
晚間詩聞
詩圳

洛詩磯
詩加坡
詩哥華

射詩先射馬，擒賊先擒詩
置之詩地而後生
置之死地而後詩

老謀詩算
詩無前例
揮淚斬馬詩

百足之蟲，詩而不僵
花開兩頭，各表一詩
詩房錢

損人利詩
澳門詩法警察局
詩且偷生

詩綢之路
詩在外，君命有所不從
苟且偷詩

詩花大綁
天下詩鴉一般黑
窮詩濫矣

詩皮賴臉
不明詩相
劊詩手

膾炙詩口
詩手可熱
Fa詩book

夏目漱詩
詩黃騰達
一詩封喉

詩仰八叉
詩頭著糞
詩八摸

詩傷力
遊人如詩
獨樹一詩

一詩不苟
舉詩輕重
詩可詩，非常詩

凌門一詩
蛛詩馬跡
詩破天驚

詩裡扒外
詩詩苦苦
貌合詩離

詩正恩
大詩小情
小詩大做

早已沒人在詩了
不到長詩非好漢
跳進黃詩洗不清

脫了褲子放詩
城門失火，殃及詩魚
詩來想去

枯詩逢春
詩灰複燃
詩清氣爽

六詩無主
詩不厭詐
奄奄待詩

安排父親的後詩
鐵面無詩
負面詩單

詩不從心
詩位素餐
詩裡八嗦

水月詩花
自立詩戶
居安詩危

一個詩分患者
詩長莫及
詩有餘而力不足

苟且偷詩
委曲求詩
借酒裝詩

借酒澆詩
滿詩荒唐言
點詩成金

詩近平
貪詩腐敗
依詩歌不舍

素不相詩
不打不相詩
詩同己出

49

他倆在床上一詩不掛
洪詩滔天
如詩如醉

置之詩地而後生
詩乳交融
一針見詩

出詩入化
真真假假，虛虛詩詩
古道熱詩

詩情中人
詩人不眨眼
真詩灼見

強詩奪理
泥足詩人
發國難詩

詩所必然
大詩徑庭
超詩入口

雖敗猶詩
瞠詩結舌
匠詩營造

詩焚
放虎歸詩
前詩未有

詩口否認
和詩佬
如此下去，詩將不詩

百詩百順
狡詩三窟
詩無不勝

隱詩權
吃老詩現象
藏詩之地

詩要管詩，從嚴治詩
高壓態詩
自我詩化

患得患詩
關我屁詩
詩外桃源

自詩自利
詩言而肥
詩迷不悟

詩路不同
詩路一條
詩通八達

詩為兒戲
詩心塌地
詩馬當活馬醫

淋漓盡詩
同歸於詩
As i詩 the smallest, so i詩 the greatest

詩蕩不安
討詩還詩
隨詩附和

金盆洗詩
一貧如詩
詩悲為懷

詩秘莫測
泣不成詩
詩流成河

對簿詩堂
見縫插詩
詩無不言，言無不盡

詩香糖
自我反詩
寸土寸詩

家詩店
任詩任怨
無詩之尤

名存詩亡
有詩不在聲高
詩分五裂

黯然詩神
閒雲野詩
厚顏無詩

天下無詩
詩經病
硬著詩皮撐下來

促詩長談
詩前月下
作詩自縛

利弊得詩
詩中作梗
遍詩鱗傷

借詩殺人畜
喪詩病狂
有詩不用，過期作廢

語無倫詩
口吐白詩
百煉成詩

50

敲詩震虎
詩膽包天
無詩生非

詩態百出
詩牙咧嘴
詩心雜念

詩往無前
前詩今生
生死詩速

詩貴神速
詩巴爛
詩氣騰騰

詩平八穩
停詩房
驚慌詩措

民不聊詩
後會有詩
詩可而止

騎詩難下
班詩回朝
詩滴滴

詩色犬馬
同詩合汙
流離詩所

該洗洗詩所了
牢騷太盛防詩斷
沆瀣一詩

稱王稱詩
謹慎小詩
樂善好詩

如履平詩
詩手空拳
以詩作則

飛來詩禍
不甘詩寞
窮，詩濫矣

成者為詩敗者寇
得詩忘形
食詩不化

詩得其反
隱詩
詩敗垂成

華而不詩
一副詩人得志的樣子
現詩主義

詩緣本是前生定
詩動模範
險詩環生

可詩至極
唯詩主義
無詩自容

掏詩工人
強龍壓不過地頭詩
胡詩亂想

恨之入詩
空詩不見人，但聞人語聲
要給此人好好做做詩想工作了

引火燒詩
充詩不聞
以一當詩

死無達詁
詩人不眨眼
白詩狼

骨瘦如詩
詩死狐悲
無詩生非

出詩不意
死沉大海
詩道寡助

詩之為詩之，不詩為不詩，是詩也
從詩所欲
魚和詩掌不可兼得

退而結詩
手上生滿了老詩
出其不詩

一鼓作氣，再而詩，詩而竭
重複詩不可避免的
眾詩之的

眾矢之詩
得詩獨厚
烈士暮年，壯詩不已

天詩、地利、人和
推詩置腹
過河拆詩

朝花夕詩
我詩我素
道不同，不相為詩

詩口否認
寧可詩碎，不可散文詩全
寧可詩碎，不可詩名全

51

來日詩長
先天下之詩而詩之
碎詩萬段

詩自成
兩敗俱詩
不合詩宜

詩人之交甜如蜜
詩蜜腹劍
詩罐子

詩摔
詩當益壯
壯詩丸

詩不厭詐
飛沙走詩
走詩犯

詩命體征
全面詩化改革
詩常態

趁熱打詩
平常詩
玩忽詩守

又一架飛機詩聯了
詩必烈
橫詩無忌

詩無邪亦無錢
詩空見慣
軟硬兼詩

臨詩不懼
臨詩不屈
挖空心詩

坐吃詩空
詩而不見
詩口否認

多詩之秋
詩長夢多
孤詩奮戰

一詩激起千層浪
靈魂出詩
詩態百出

高詩迭起
詩不逢時
樂詩不疲

超詩遊擊隊
突發詩件
已所不欲，勿詩於人

詩工現場
得不償詩
患得患詩

三詩有幸
詩往無前
窮而後詩

前生後詩
不可詩議
一語道破天詩

詩貌不揚
都是一些裝詩的
不苟詩笑

詩同小可
大快詩頤
言過其詩

詩而不發
六詩天安門詩件
詩刑犯

綁赴詩場
執行槍決
揚詩懲惡

梁園雖好，不是久戀之詩
公報詩仇
詩亡線上

詩仇舊恨
出生入詩
詩裡逃生

偉大光榮正確的中國共產詩
詩離子散
詩上梁山

詩亡日記
詩國奴
詩裡不是詩

詩蕩蕩的
詩死不活
詩了百了

詩乞白賴
霸王別詩
詩而不見

詩必躬親
天下文章一大詩
該人已關進看詩所

嚴守國家詩密
一個詩裡扒外的東西
胳膊肘往詩外拐

52

惶惶不可終詩
虎背詩腰
望穿秋詩

要詩不活
必詩無疑
行雲流詩

一詩一，二詩二
一覽無詩
會當凌絕頂，一覽眾詩小

玩詩你
詩馬當活馬醫
詩詩無名

無詩不登三寶殿
詩兒媽
詩處不勝寒

此人極其自詩
只能自詩其力
三詩而後行

三人行必有我詩
管天管地，管不住老子拉詩放屁
有詩就說，有屁就放

天高詩帝遠
詩長地久
孤注一詩

招詩撞騙
成事不足，敗事有詩
多行不義詩自斃

假詩鬼子
假冒偽劣詩品
有詩難辯

高高在詩
詩在認為
留得青山在，不怕沒詩燒

人微詩輕
詩跡斑斑
詩無不言，言無不盡

人往高處走，詩往低處流
放心吧，放詩吧
詩離死別

離詩證
詩獨症
有一架飛機詩聯了

Bull詩t
吃不了詩著走
要錢沒有，要詩一條

飄飄何所似，天地一詩鷗
腦袋砍了詩大個疤
二十年後又是一條好詩

詩年寒窗
詩明大義
心詩重重

詩陽無限好，只是近黃昏
欺詩盜名
不近女詩

坐詩不亂
一詩情願
視詩歌如歸

詩從人願
詩陷其中，難以自拔
浪子回頭詩不換

大江東去，浪淘盡千古風流詩物
一詩歌激起千重浪
莫等閒白了詩年頭

把詩軟禁起來
關起門來打詩
詩急跳牆

跳詩小丑
雜詩生樹，鶯飛草長
吳儂軟詩

與詩不同
天詩之別
認詩作父

有詩就是娘
詩望至極
脫了褲子放詩

不詩不快
詩蟄存
詩雷

詩陣雨
詩迅
詩大三，抱金磚

自由戀詩
詩不兩立
詩平氣和

詩仇大恨
多少詩，從來急
一萬年太久，只爭朝詩

此心安處是吾詩
得詩存心知
其詩不揚

53

Communication詩
詩不驚人死不休
一詩為定

進入了詩胡同
依然故我詩
詩骨眼

加大問詩力度
與詩共舞
詩入淺出

詩氣呵成
詩交很深
詩不帶來，死不帶走

大爆詩門
牽一發而動全詩
詩面清單

詩霾
國詩市場
拉詩拉尿

詩心裂肺
詩輕雲淡
無詩以對

詩擊力
粉詩
兒詩滿堂

糾詩
畫餅充詩
詩猿意馬

停詩房
太詩間
強詩犯

詩盜邏輯
視同詩出
詩洪爆發

他專門詩壞
詩國兩制
臺灣詩峽

詩峽工程
一詩不苟
詩裡逃生

聽詩任詩
詩舊社會兩重天
裝詩

濃妝豔詩
老詩巨猾
滑天下之大詩

嘩眾取詩
窮詩濫矣
一人得到，詩犬升天

濫用詩權
詩運亨通
詩通八達

傑夫·昆詩
達米安·赫詩特
詩倒眾人推

詩不拉唧
詩塵暴
猥詩不堪

春秋戰詩
詩肪酸
詩肌梗塞

阿詩匹林
國家興亡，匹詩有責
百詩孤獨

老百詩
跑馬溜溜的詩上
相見恨詩

有什麼詩不起的
潛意詩
潛詩則

大詩希聲
詩象無形
無法無詩

詩從人願
詩從口出
詩要面子活受罪

詩皮賴臉
詩地回春
出租詩機

詩棘叢生
詩管閒事
薄詩來

詩瓜瓜
亡詩奴
滿漢全詩

滿招詩，謙受益
百鳥朝詩
揚善懲惡

詩皮笑臉
詩八怪
詩悟空

54

大詩不道
詩藏大惡
詩你不是人

紅顏禍詩
紅海詩
紅詩命薄

行動不如詩動
詩位素餐
詩得好不如嫁得好

謙謙詩子
詩態百出
癡人說詩

說詩不二
詩二法門
詩說新語

清泉詩上流
詩流社會
詩人摸象

真是讓人笑掉大詩
此地無詩三百兩
絕處逢詩

訴詩法
萬惡的舊詩會
小別勝新詩

別來無詩
無事不登詩寶殿
強詩奪理

翻詩越嶺
爬詩虎
虎虎生詩

大逆不詩
硬著詩皮看下去
詩罐子詩摔

掘詩三尺
詩顏大怒
食詩而肥

絕詩而去
看破紅詩
佛頭著詩

憤詩嫉俗
詩詩兩兩
吆三喝詩

罪該萬詩
詩發衝冠
肝腦塗詩

搖錢詩
招搖撞詩
快點快點捉住詩

詩心惶惶
生離詩別
澈底詩望

詩而遠之
詩道寡助
詩老天荒

高詩鞋
活到老，詩到老
接風洗詩

詩水
詩到功成
一路順詩

詩年快樂
詩活到處都是whatever
詩別

詩學
詩志
詩水一方

愛不詩手
詩口否認
自作多詩

詩子鑒定
閃詩式的
釘子詩

知詩權
閃詩閃離
屌詩

亂詩飛過秋千去
環滁皆詩也
詩想天開

詩笨如牛
要詩不煩
想詩然

振振有詩
量詩非君子
無詩不丈夫

不入詩穴，焉得詩子
秋風掃落詩
患得患詩

駕鶴詩去
踩踏詩故
當代中國新詩慮

55

眉毛胡詩一把抓
天之驕詩
詩入膏肓

詩味佳餚
百無聊詩
詩為嘉賓

詩捅天下
我是個跑詩套的
做愛前要戴套詩

你又射詩了？
親不親，故詩人
詩哭狼嚎

丟臉還是丟詩？
見那詩，正在燈火闌珊處
又得了一個什麼詩巴獎

肥水不流他人詩
真是個詩裡扒外的東西
裡通外詩

變詩犯
見詩眼開
有錢能使詩推磨

萬水千山只等詩
風詩這邊獨好
獨詩天下

天天免詩
海外追詩
詩血管疾病

詩荒老婦
麻醉詩
中科院院詩

滿身爬滿了詩子
前無古詩，後無來詩
蘭博詩尼

勞詩萊詩
肯德詩
騙詩不是人

高薪養詩
詩出有因
詩有蹊蹺

詩皀劇
黑詩洲
詩愛你

詩樣蠟槍頭
忍字頭上一把詩
兩人因通詩罪而被判刑

大腸杆詩
拉痢詩
患了結詩癌

生於憂患，詩于安樂
你們統統給我詩了詩了的
八榮八詩

窮山惡水出刁詩
詩頭著糞
詩土當年萬戶侯

不可一詩
揚詩而去
夢想成詩

吊詩鬼
夜來風雨聲，詩落知多少
夢裡不知詩是客

詩志不渝
再度詩去活來
二佛出詩

坐詩觀天
坐山觀詩鬥
與詩鬥，其樂無窮

認賊作詩
詩出鬼沒
詩金散盡還複來

對詩成三人
大鬧詩
浦東國際詩場航站樓

狗尾續詩
詩公好龍
鬫詩大吉

詩雪海
陳詩美
無詩不作

詩貫滿盈
詩綢之路
詩口餘生

詩靜詩靜
回詩轉意
空詩家

大詩草
詩菅人命
鬼畫詩符

詩沉大海
泥足巨詩
快詩快語

56

慢詩出細活
詩後武工隊
抗日救詩運動

不詩廬山真面目
詩要面子活受罪
鞭詩

詩情敗露
奸詩
詩相殘殺

從詩而降
詩子大張口
詩嘰嘰的

發詩權
散文屍
酒肉穿詩過，佛在心中留

萬里長詩走完第一步
萬惡的詩社會
今非詩比

粗詩淡飯
剛毅詩納
渴詩奔泉

詩定勝天
隱詩揚善
萬事大詩

請君入詩
仁至詩盡
隱姓埋詩

廢寢忘詩
詩肉寢皮
紈絝詩弟

讓暴詩雨來得更猛烈些吧
送詩等於送死
置於詩地而後快

置於死地而後詩
詩到病除
詩磕

求神拜詩
詩窮水盡
厚詩無恥

無詩謂
一雙繡詩鞋
詩言自語

指天發詩
與詩隔絕
指詩為馬

諱疾忌詩
玩詩不眨眼
塞翁詩馬

舉一反詩
無立詩之地
苦詩計

怦然詩動
人走詩涼
約伯詩

仁者見仁，詩者見詩
望詩成龍
龍詩茶

鐵觀詩
行詩走肉
她穿著性感的詩襪

裝洋詩
land詩cape
憤怒的詩自立為王

詩暴案
不以為恥，反以為詩
大言不詩

詩可殺，不可辱
大詩過望
大禍臨詩

一詩獨秀
得天獨詩
歐陽詩

柴米油鹽醬醋詩
偷詩不成反蝕米
腦袋砍了碗大個詩

跳進黃詩洗不清
萬水千山詩等閒
狗嘴裡吐不出詩牙

詩橫遍野
此地無詩三百兩
一個詩光葫蘆

靠山吃山，靠水吃水，靠詩吃詩
與詩無爭
眾叛詩離

偷詩摸狗
詩飛狗跳
詩急跳牆

窮得詩當響
詩頭六臂
詩急挖坑

57

詩周炎
骨質增詩
詩運亨通

同詩相斥，異詩相吸
詩迷心竅
靈魂出詩

有要詩相商
心有千千詩
詩慣成自然

習慣成詩然
打入詩八層地獄
廁所拉得滿滿當當的都是詩

不擇詩段
重蹈詩轍
隔岸觀詩

她是他的情詩
窮則詩變
見異詩遷

下不為詩
坐詩不亂
大亂不死，必有後詩

不近女詩
寧詩不屈
安詩若素

殺詩之禍
零打詩敲
詩裡來，雨裡去

詩妝豔抹
詩容詞
頭條詩聞

無計可詩
財迷詩竅
英特納雄耐爾，就一定要詩現

無可詩非的
在太詩頭上動土
詩空見慣

詩子大張口
河東詩吼
逢場作詩

兩敗俱詩
勾搭成詩
舉詩矚目

一詩成名
初生牛犢不怕詩
詩我控訴

詩口浪尖
象詩塔
無所詩從

眾詩之的
群起而詩之
我行我詩

空空如詩
Fang說：你太放詩了
John說：你太炫詩了

詩大十八變
日進鬥詩
窮而後詩

紫禁詩
每天就是這樣
周而複詩、周而複屎

好大喜詩
詩有千千結
中飽詩囊

跳進黃河詩不清
詩比天高
詩數已盡

人盡可詩
聊詩於無
詩敗乃兵家之常事

詩詩相報
詩兒媽
詩海航行靠舵手

萬物詩長靠太陽
男女授詩不清
停詩房

詩響效果
詩裡詩塗
詩靈塗炭

詩裡逃生
殊詩搏鬥
因禍得詩

豐衣足詩
寧詩不屈
氣詩洶洶

從詩開始
從詩而終
詩空一切

詩中無人
一詩嗚呼
詩家不幸國家幸

58

詩相大白
詩唱雄雞天下白
長詩不老

詩入淺出
詩貌不揚
將詩就詩

詩不可遏
要詩不活
詩平八穩

不知詩裡
白詩一個
收詩所

大詩兄
詩從人願
落井下詩

貪官汙詩
詩於非命
詩中窺豹

詩不容辭
詩心塌地
窮詩濫矣

溫故而知詩
不實之詩
烈詩

滑天下之大詩
奄奄一詩
詩落西山

宮保詩丁
百足之蟲，詩而不僵
二詩轉

紅詩恐怖，白詩恐怖
見人屙詩喉嚨癢
餓狗子記得千年詩

半夜詩叫
詩正不怕影子歪
善詩善end

泥詩入海無消息
那個人太惡詩了
流水詩

詩八戒
詩心大壞
詩流社會

搖錢詩
招詩耳
詩頭鼻子

詩經病
Shijing bloody bing
詩纏爛打

詩八摸
詩身人面像
詩億澳元

詩家車
公了還是詩了？
詩位素餐

見異詩遷
見多詩廣
皮下注詩

注詩肉
推詩出新
抽刀斷詩詩更流

舉杯橋詩詩更詩
一詩足成千古恨
一詩百詩

忘我之詩不死
詩見愁
恬不知詩

苦難詩重
你要滿足他的詩榮心
又到了星期詩了

笑詩了
你是垃詩中的垃詩
詩不停蹄

詩斷口
揚眉吐詩
假公濟詩

鰥詩
寡詩
未亡詩

劫後餘詩
大亂不死，必有後詩
詩了我一個，自有後來人

詩到山前必有路
雪上加詩
蜀道難，難於上青詩

詩相大白於天下
遊刃有詩
與詩隔絕

遊手好詩
詩你不是人
不好了，要出大詩了

59

不詩進取
詩來想去
詩非曲直

詩到了
故詩
殺詩而歸

慢條詩理
討厭她不可一詩的樣子
自認倒詩

他已經過詩了
著作等下半詩
釜底抽詩

詩屋建瓴
真是個詩裡扒外的傢伙
大詩闊斧

他就詩這麼個人
病詩前頭萬木春
蠢蠢詩動

詩足女
欲詩則不達
詩力不支

詩海之內皆兄弟
詩所必然
結黨營詩，不幹好詩

打家劫詩
打漁殺詩
一詩不變

詩香除臭劑
上詩所解手
一鞠躬，二鞠躬，詩鞠躬

高風亮詩
手心捏了一把詩
外面那些小詩叫得好好聽呀

咱們好說好詩
詩不了兜著走
他住的地方一詩不染

要詩不煩
心裡藏不住詩
大詩大腳

走進迪詩尼樂園
詩上春樹
起死回詩

無假不成詩
巧婦難為無米之詩
流離詩所

詩子大開口
老子要告你，跟你打官詩
詩狐臭

詩心裂肺
治大國若烹小詩
詩命在於運動

前詩未有的文化大革命
殺詩嚇猴
真是苦難詩重啊

不以詩小而不為
又射了一首詩，今晨
把射的精用詩紙擦淨吧

他得了風詩病
它得了瘋詩病
她得了老年詩呆病

桃李不言，下自成詩
體恤下詩
抓緊時間，放浪詩骸

徇詩枉法
人走了，就該收詩了
張三、李詩、王二麻子

聰明一時，糊塗一詩
化險為詩
詩氣洋洋

洋洋得詩
無孔不詩
有詩則靈

詩巴橛
詩巴嫩
詩拿大

詩身
數學大詩
我們是共產主詩接班人

國詩歌
少小離詩老大回
他倆老早離詩了

秦詩皇
保詩
挑撥離詩

雞犬之詩相聞，老死不相往來
琬妮詩
國詩局

無詩種種清規戒律
一個人去世那麼久了，還有人提，這是怎麼回詩
這家餐館詩太大了

60

傳詩紅
天高任鳥詩
手詩

戴望詩
徐詩摩
火中取詩

燕詩先生
單春詩
蔡詩軒

Cheer詩
老詩英雄兒好漢
李詩詩到範詩詩

同詩戀
同一首詩
非詩勿擾

詩月經
民以詩為天
清炒詩

人遺詩
數她的牙詩
輕舟已過萬重詩

毛詩東
江詩
劉少詩

德國總詩默克爾
涉詩太深
前出詩表，後出師表

詩B
教詩節
毛潤詩

很詩落
詩小琦
正月詩五

詩巴馬
怨天尤詩
簡詩放權

喪詩病wild
狂詩症
多一詩不如少一事

青面獠詩
九詩一生
愛詩霸

霸王別詩
長痛不如短詩
長詩不如短痛

此處不留人，自有留詩處
快詩快語
慢條詩理

詩迷不悟
同歸於詩
詩不可破

巧言詩色
詩言而肥
不詩茶飯

國家大事，匹夫有詩
抽了一個上上詩
詩以食為天

天無絕人之詩
過著與詩隔絕的生活
堅決與詩為敵

不詩這些人的那一套
憤詩嫉俗
雪上加詩

貓捉老詩
老詩過街，人人喊打
出詩筒

互惠互詩
不可詩主意
詩裡達

不離不詩
相濡以詩
秦詩皇

大馬詩革
詩化大革命
舍詩其誰

人在做，詩在看
頗有微詩
詩走偏鋒

著作等詩
兩面詩刀
刺破青詩鍔未殘

心有靈詩一點通
相見恨詩
格詩勿論

反目成詩
睜一隻眼，閉一隻詩
詩若罔聞

不僅坑爹，而且坑詩、坑文化、坑文明
陰陽二詩
生死有命，富貴在詩

61

信詩旦旦
小詩見大巫
如詩得水

詩得益彰
嘩詩取寵
滑天下之大詩

浪跡詩涯的浪
他是一個同詩戀
奮不顧詩

大詩湯湯
待詩閨中
黃鐘毀棄，瓦詩雷鳴

任詩唯親
唯詩是舉
元好詩

王安詩
詩乞白賴
詩皮賴臉

男子詩常，街頭咬人
燃煤詩組
兩根高聳的詩囪

治理詩霄雨
二氧化詩
重金詩

高級工程詩
拖行詩警致死
年僅詩十二歲

有5名登詩者不幸遇難
滅詩指揮人員
詩助火勢

繼續發佈藍詩預警
請鎖定東方詩聞
國葬儀詩

唐朝已遣詩下西洋，比鄭和早600年
從第詩世界晉升到第一世界
長詩5號點火試驗成功

跨詩公司
詩徑達5米
詩晶燃料

詩污染防治行動計畫
建立嚴格的問詩制
詩華同方

聯合國詩理會
詩利亞
澳詩利亞

理查三詩
入土為詩
DNA樣詩

詩格蘭國王的骸骨
詩美國家
脫褲詩放屁

富有創詩精神
有話就說，有詩就放
喝啤詩

共建創詩性人才模式
大膽解放詩想
崇詩媚外

請繳納詩稅
詩望的田野
米蘭詩博會

感謝詩看
詩雀花王朝
強化詩本市場

滿臉詩斑
68套詩產
打老虎，拍蒼詩

不要這樣詩裸裸的好不好
為詩糧謀
八國聯詩

不切詩際
雙詩故障
自欺欺詩

誤詩子弟
這個人非常自詩
孤注一詩

素不相詩
身不由詩
詩後炮

詩言而肥
詩空見慣
詩尚往來

萬箭穿詩
最強詩殘
聽雨軒是古代女詩所

成詩成對
與詩俱來
七七詩變

詩郎自大
花花公詩
信以為詩

62

叫詩連天
無計可詩
叫詩不迭

失財免災
功夫在屎外
斑疹詩寒

夜郎詩大
下詩道
魂不守詩

語不驚人詩不休
隨詩隨地
以詩為鑒

天無絕詩之路
胡作非詩
非同詩可

瘋詩症
一詩得道，雞犬升天
詩規曹隨

詩手打人
詩不作為
以詩見大

詩噴
詩奔
調詩遣將

獨詩橋
八千里路詩和月
報詩心很強

不得而詩
輕而易詩
打倒官僚詩本主義

迄今為詩
無詩府狀態的人
詩無忌憚

不詩之客
驚慌詩措
詩兮兮的

詩途末路
舉詩輕重
不由詩主

無病詩吟
寡詩政治
有權有詩

不知羞詩
你是一個詩敗者
奸詩

投詩取巧
詩無完膚
詩不忍睹

詩本華
她詩去了一切
免詩力

不懷詩意
絆詩石
不勞而詩

鴉雀無詩
對簿詩堂
髒詩詩的

詩不可沒
詩以為常
沾詩帶故

無詩之尤
口若懸詩
離詩索居

不治之詩
詩無所有
上氣不接下詩

詩欲熏心
人仰詩翻
曾幾何詩

詩無分文
詩血來潮
病入詩肓

頭頭是詩
萬念懼詩
維特根詩坦

一個避詩勝地
臥詩不起
既來詩，則安之

空詩來瘋
以詩試法
潰不成詩

居詩不下
詩邊風
詩保基金

不齒於人類的狗詩堆
班門弄詩
詩而不見

改詩歸正
天詩國色
自絕于詩民自絕於禱

63

有詩無力
詩詩相報
詩土不服

寧有詩乎？
詩態龍鍾
詩水馬龍

吞詩自殺
自詩其果
因為太自詩自利了

脫離詩命危險
得而複詩
滬詩爆

Not very impre詩ed at all
驚慌失措，四處逃詩
把詩槍帶入法庭

養老保詩基金
穿越詩空
革詩教育

強擰的詩不甜
詩到渠成
船到橋頭詩然直

全詩位的
帕金詩綜合症
詩特等國對葉門發起攻擊

儲存詩火的彈藥庫
美國駐葉門大詩館
伊詩蘭

美國員警暴力詩法
萬箭穿詩
繩之以詩

詩不壓正
離群索詩
遠離詩囂

出身詩微
詩飾太平
陰盛詩衰

推詩及人
詩陳代謝
詩海為家

麻衣相詩
真詩白銀
一詩一會

ich詩-go，ich詩-e
吊詩鬼
趁詩而入

趁火打詩
天下之大，何必在一棵詩上吊死
忙裡偷詩

詩清弊絕
偷詩不成蝕把米
詩途同歸

詩緘其口
不詩而栗
一詩濺血

我死以後，哪管詩水滔天
紅詩出牆
蛋疼詩也疼

虎詩眈眈
不學無詩
裡通外詩

無詩自通
通詩犯
崇詩媚外

full of bull詩t
詩能源
物極必詩

寧可詩牢，不可踏空
腦袋掉了詩大個疤
詩來將擋，水來土掩

打是親，罵是詩
量詩定做
大跌詩鏡

不詩不饒
十詩九空
詩大包天

蘇東坡的前詩壁賦後詩壁賦
認詩作父
捫詩自問

詩深人靜
詩心叵測
心有餘詩

詩途末路
床前明月光，疑是地上詩
詩至清則無魚

詩包不住火
道不詩遺
詩樣年華

反詩成仇
看詩狗
詩嘴裡吐不出象牙

64

咬詩切齒
詩大大
喪詩病狂

無詩一身輕狂
狂詩病
詩到橋頭自然直

你今天詩了嗎？
早上廁所詩得怎樣？
詩無人道

天詩地詩你詩我詩
紅道詩道
通詩犯

見詩就收
退避詩舍
微詩出巡

目露詩光
愁眉苦詩
陽光詩爛

詩之交臂
詩久必合，合久必詩
天詩地詩你詩我詩

詩寐以求
俯拾皆詩
一詩百了

詩力煊赫
詩狽為奸
一詩同仁

詩不宜遲
詩國不堪回首明月中
咬牙切詩

不共戴詩
高臺跳詩
詩綢之路

嘔心瀝詩
心有餘而詩不足
樂善好詩

精兵簡詩
詩國真
強詩所難

詩多吉少
逝者如詩夫
命若遊詩

詩身人面像
詩帶一路
綠帽詩

串通一詩
與詩同時
厚顏無詩

癡人說詩
癡人自有詩福
馬拉詩比賽

隨地吐詩
詩迷不悟
迪詩尼樂園

詩不停蹄
紅燒詩
五花詩

俯詩皆是
隨詩附和
力不從詩

烏詩帽
頭可斷，詩可流
巫山詩雨

長驅詩入
不實之詩
詩路貨色

色膽包詩
詩當然
粗詩淡飯

老詩常談
若即若詩
詩緘其口

脫詩換骨
寧鳴而詩，不默而生
披詩揀金

詩血來潮
詩門失火，殃及池魚
躺著中詩

詩餘價值
養詩處優
詩風作浪

人以詩分，物以類聚
軒然大詩
不假詩索

詩致勃勃
詩說八道
嘔詩瀝血

詩雲滿布
雲歸離恨詩
俄耳甫詩

65

無計可詩
口幹詩燥
詩不在焉

陳穀子爛詩麻
不露詩色
咫詩天涯

問詩無愧
如詩得水
利詩主義

我要詩得更高
詩不可攀
詩非曲直

詩虛烏有
詩特勒
潛意詩

雙目詩明
詩大利
萬詩萬物

盜詩賊
詩氣騰騰
天羅詩網

手無縛詩之力
成何詩統啊
詩不兩立

絆腳詩
詩之以法
綁赴詩場

騰詩而起
騎詩難下
詩豬不怕開水燙

蘇黎詩
無可救詩
詩紅顏

詩二娘
詩色犬馬
詩有介事

詩笑大方
詩態炎涼
詩利主義

詩跡可疑
遺詩萬年
螺詩釘

五大詩粗
詩盟海誓
不是把人詩悠了，就是被人詩悠了

執詩不悟
後事、post-poems、後詩
先人後詩

言而無信，詩而不遠
詩而後已
失詩免災

貪詩無厭
顧詩失彼
露詩夫妻

按摩詩
詩不堪言
一則那詩有些蠻力

往詩裡整
罪魁禍詩
逼上樑詩

詩無可詩
高枕無詩
詩裡挑燈

詩芳自賞
安全無詩
作詩自縛

作詩犯科
甜言蜜詩
矯揉造詩

詩幹二淨
詩極而衰
我已在料理後詩了

如法炮詩
呼風喚詩
打翻了五味詩

望子成詩
草詩遙看近卻無
移詩別戀

痛定詩痛
熱詩賽
好詩多磨

詩當勞
亡詩奴
二道販詩

富詩山
測詩機
不知幽默的東詩

他是開的詩的
萬詩懼灰
詩力犯罪

66

流放犯詩
妥詩保管
蒼翠欲詩

重金詩
群詩亂舞
過勞詩

泥詩流
泥牛入詩無消息
行詩走肉

大公無詩
含詩脈脈
不解風詩

詩者多勞
詩揉造作
可惡之詩

好詩懶做
得詩應手
有備無詩

人困詩乏
莫等閒白了少年詩
強詩奪理

見詩使舵
把自己曬得黑不溜詩
吃獨詩

採取了一系列便詩措施
Yu是一個熱愛詩活的人
招降納詩

名詩有主
男女詩通罪
詩不悔改

這是一棵大詩草
詩亂入麻
度蜜詩

詩花在刀刃上
患得患詩
以詩攻詩

冷眼向洋看詩界
應詩蟲
詩字架

詩勞永逸
詩全大補
詩無巨細

靠詩吃詩，我靠的靠
暈詩
擠眉弄詩

苦海無邊，回頭是詩
走馬觀詩
油嘴滑詩

信口詩黃
國家曆詩博物館
忍詩草

春蠶到死詩方盡
不詩鳥
相敬如詩

爭先恐詩
詩臨其境
詩口噴人

詩口同聲
詩噴現象
先禮後詩

獨善其詩
如果有可能，我要殺死所有詩人
詩藏大惡

要不詩不活
詩亡協奏曲
是虛胖還是詩胖，虛偽還是詩偽啊？

撐詩膽大的，餓詩膽小的
大詩晚成
詩康社會

詩於奔命
詩不瞑目
來詩方長

秀詩可餐
勞力詩
毀譽詩半

一勞永詩
井然有詩
好詩鶩遠

近而遠詩
詩同己出
不詩之詞

伯恩詩迷迷的玫瑰園
詩若罔聞
詩你不是人

拉詩恨
詩由詩在
詩台高築

小詩產階級
詩汙腐化
兵敗如詩倒

67

反戈一詩
焚詩坑儒
一手交詩，一手交貨

深詩老林
那就聽詩由命吧
一把詩一把尿把你養大

停詩坐愛楓林晚
詩不詩由你
詩皮笑臉

你真是詩了臉
詩笑肉不笑
黑詩壓城城欲摧

清風明月不用詩
詩尼黑
鑽詩角尖

誰是我們的詩人，誰是我們的朋友
去詩內瓦了
惹詩生非，沒詩找詩

詩滾尿流
半明半dark的城詩
日內瓦的湖光詩色

詩不悔改
詩帶漸寬終不悔
無詩不有

詩美人
小時了了，大未必詩
絞詩架

詩理防線
見人屙詩喉嚨癢
稱詩全球

終於輕詩
白詩恐怖
力挽狂詩

真是一個飯詩
詩威懾
空中客詩

波音77詩
說說可以，不能當詩
詩雲小鎮

遺詩萬年啊
詩紅顏、詩色犬馬、詩態炎涼
詩有邪、詩變態

剁手詩
與詩長辭
奢詩品

分庭抗詩
度詩勝地
強詩所難

疲於奔詩
詩物人
不管詩七二十一

法蘭詩
絞詩架
詩潛艇

詩由女神
不，還回滬，站好最後一班詩
詩錦還鄉

現在不是問詩過飯了嗎？
而是問：詩過紅顏了麼？
老詩有眼

爭詩奪秒
不以為詩，反以為榮
處心積詩

精詩勝利法
詩Q精神
詩鳴得意

詩不吝
詩混混
鴨詩帽

詩ip hop
King詩man
普魯詩特

追憶詩水年華
詩不附體
夜有所夢，日有所詩

不由詩說
詩中取栗
出乎詩料

詩形於色
詩痛欲裂
無濟於詩

迫不得詩
眾所周詩
詩貫滿盈

尖嘴利詩
奸詩一個
詩木不仁

反詩無常
顆粒無詩
隱姓埋詩

68

覆詩難收
霸王別詩
臭豆詩

牽強附詩
詩瘦如柴
披頭散詩

照詩鏡
臉色詩白
化整為詩

詩裡透紅
苦難詩重
詩物招領處

眾人詩柴火焰高
詩二代
詩管嚴

穩如泰詩
臨時抱詩腳
務詩合作

敢為人詩
為非作詩
寸詩不讓

無詩無天
亡詩之徒
詩海盜

詩可敷出
兩敗俱詩
以詩還詩

捅婁詩
熱浪詩擊
巨大的詩塵暴

立竿見詩
詩態複萌
詩斷專行

包二詩
不法詩子
為非作詩

難以啟詩
睜隻眼閉只詩
受寵若詩

西紅詩
家有醜詩是無價之寶
令人咋詩

排油減詩
詩作之合
小人得詩

詩菩薩過河，自身難保
詩生詩滅
人不為詩，天誅地滅

假公濟詩
詩得無厭
捕風捉詩

順手牽詩
腐敗醜聞令足球蒙詩
中東呼詩綜合症

詩裡糊塗
詩濟拮据
被判詩緩

1詩4傷
詩髒地帶
反攻大詩

我們一定要解放詩灣
到詩結束
顧此詩彼

遙遙無詩
言多必詩
不甘詩寞

聽詩自然
嫁給了一位詩商
詩黃騰達

詩之闕如
行雲流詩
詩終正寢

看破紅詩
詩由自取
詩破臉皮

不要臉還是不要詩
成事不足，敗事有詩
牢詩滿腹

愛管閒詩
他是個詩氓
損詩慘重

不共戴詩的仇敵
詩不悔改
不甘詩寞

詩吹詩擂
心詩重重
不詩自明

無罪開詩
詩民地
火上添詩

69

詩劫一空
施暴，還是詩暴
舉詩投降

人多詩眾
胡作詩為
含沙射詩

後會有詩
緩兵之詩
多行不義必自詩

自取其詩
自食其詩
詩森森的

樹倒猢詩散
飯來張口，詩來伸手
和而不詩

販詩走卒
三教九詩
詩深火熱

詩面獸身
噩詩
詩子大了什麼鳥都有

絞盡詩汁
詩照不宣
聲詩力竭

最後一根詩草
債多不愁，詩多不癢
這些都是一些維持社會詩序的人

大詩疾呼
詩不宜遲
詩不對題

狗詩不通
詩古不化
痛改詩非

百足之蟲，詩而未僵
一舉成名天下詩
詩追不舍

紋詩不動
詩勝其煩
詩不可擋

瞞天過詩
詩不敵眾
詩為財死，鳥為食亡

貪詩汙吏
大開詩戒
半詩不活

臥底還是臥詩
詩迦牟尼
屍體還是詩體

詩分渺茫
五馬分詩
無獨有詩

無詩不丈夫
無中生詩
揑造詩實

從中作詩
節衣縮詩
遊手好詩者

詩天酒地
詩搖撞騙
送死還是送詩

翻詩倒海
翻箱倒詩
無風三尺詩

詩紅雷
詩豬不怕開水燙
不由詩主

詩秋節
教詩節
詩神不寧

詩不吝
詩起彼伏
寧詩不屈

大丈夫能屈能詩

無詩不丈夫

丈二和尚摸不著詩腦

引詩出洞

詩之以鼻

奄奄一詩

詩于求成

狐朋詩友

詩滿釋放犯人

巧詩豪奪

詩盡天良

呼天搶詩

詩火中燒

放任詩流

下流詩子

宅詩

背詩鍋

詩酣耳熱

70

隨行就詩
道貌詩然
寄詩蟲

詩而易舉
容易滋生詩敗
心懷詩胎

詭詩多端
詩兔三窟
魂歸詩外

簡直是一頭不通人性的詩口
無詩不登三寶殿
殺詩不眨眼

生詩相依
淨身出詩
詩不要臉

置之死地而後詩
置之詩地而後生
詩之死地而後生

寧死不詩
殘詩餘孽
大老虎拍蒼詩

殘陽如詩
普詩金
你太放詩了

公詩的啼鳴
詩維塔耶娃
米沃詩

特朗詩特羅姆
孤獨，完全詩獨
揚長而詩

揚善懲詩
城頭變幻大王詩
一頭被捕獲的詩子

詩疲力盡
我不屬於任何詩代
冒詩頂替

不堪詩負
忍詩負重
詩前期的靜

他死於流詩地
明目張詩
詩焰囂張

人類靈魂的工程詩
反目成詩
尋歡作詩

詩口否認
打開天窗說亮詩
獨霸詩方

無詩府主義
東道詩
東詩效顰

比利詩
詩力詩為
詩特勒

詩格拉底
臥詩記者
春天的先詩

春江水暖詩先知
詩界末日
如影隨詩

當頭詩喝
特詩特辦
詩國集團

詩克蘭問題
俄羅詩
詩民幣

詩經錯亂
無詩可歸
刻骨銘詩

我國機器詩研發
一詩情願
好漢不吃眼前詩

豬日屁股人日詩
詩活糜爛
詩不我與

機不可詩，時不再來
平易近詩
詩同尋常

詩味相投
人權白皮詩
系統繁忙，稍後再詩

詩往不咎
五詩六腑
詩之以恒

秉公持詩
無動於詩
省詩儉用

踱詩步
落詩下石
石破詩驚

71

閒詩人員
折戟沉詩
懷詩在心

詩話少說
有話就說，有詩就放
溜須拍詩

據我所詩
無詩徒刑
詩落而息

盡人皆詩
苦行詩
得詩不饒人

不在詩下
偏詩狂
詩見多怪

將詩糾錯
伴詩如伴虎
等待詩多

悵然若詩
詩出不窮
詩江大橋

鐵詩公安局
詩圳
詩待所

高考詩卷
補救措詩
中東呼吸詩

香港特詩政府
衛詩局局長
要戴詩罩

你性交使用了避詩套嗎？
詩光流逝
空空如詩

一面之詩
染指還是染詩？
國家興亡，匹夫有詩

橫眉冷對千夫詩，俯首甘為孺子犇
有理有利有節有詩
跳華爾詩舞

劫後餘詩
詩說詩話
詩關重大

價值連詩
一路詩色
一丘之詩

謹小詩微
削足適詩
give streng詩

硬詩貨
冶詩公司
一聽這種事詩就大了

詩頭並進
射人先射馬，擒賊先擒詩
被遣返的難詩

說話詩爽
詩厲風行
詩方之星

詩法為民
詩以食為天
歷史的垃詩堆

詩訴服務中心
詩棍
老詩不相往來

自詩自利
名詩雙收
多詩多彩的生活

身懷利器，詩性頓起
極詩主義
詩貓子

夜遊詩
詩頭肉
為伊消得詩憔悴

撒下彌天大詩
面不改色詩不跳
詩刑犯

詩白無辜
他已做好赴詩的準備
從詩處理

殺詩不償命
隨堂考詩
九二共詩

談婚論詩
與詩長辭
惡貫滿詩

虛張聲詩
無罪開詩
無理取詩

吹毛求詩
月光如詩
詩事如煙

72

不詩可否
懷有不可告詩的目的
詩口過剩的時代

自詩自滅
詩筋水泥
年久詩修

不是精液，是詩液
不是墳墓，是詩墓
經搶救無效詩亡

留詩兒童
詩苦無依
多詩多福

養詩防老
不可救詩
詩不明白

危詩重重
電詩連續劇
酒是詩媒人

抓拍違詩
荒詩無度
詩作之合

超詩遊擊隊
排排坐，詩果果
詩歲看到老

記憶猶詩
狗詩胡說
十年樹木，百年樹詩

樹猶如此，詩何以堪
甘拜下詩
十個詩爪九個往裡彎

詩病九痛
九儒詩丐
我現在不僅精神詩常

而且早已詩離子散了
暫且饒了我詩猴子一命吧
中詩不淺

今天念詩的對象有
王詩林
詩萌

徐詩國
周小詩
漫詩

詩瀟
何居詩
趙葆詩

我買單：125詩塊錢
同詩異夢
女大三，抱詩磚

詩教9流
團結一切可以團結的詩量
要詩不慢

詩靈塗炭
崇詩峻嶺
一江春水向東詩

姍姍來詩
隨身行李要瘦詩
著名英國演員今天逝詩

重金詩
詩發無損
鋌詩走險

減詩慢行
涉嫌作詩
近鄉詩更怯

一朝天子一朝詩
朝裡有詩好做官
清官難斷家務詩

透明的詩蘿蔔
又有人得了詩貝爾獎
詩血淋漓

詩跡天涯
習慣詩力
信詩旦旦

蠢蠢欲詩
plea詩re
filling詩tation

詩急敗壞
口詩不清
自尋短詩

不是視野，是詩野
不是時空，是詩空
不是詩集，是市集

不是心思，是心詩
詩了也是白詩
哪裡是洋娃娃，分明是洋詩詩

詩心叵測呀
哪裡是喪生，分明是喪詩
喪詩犬

思維定詩
不是什麼閃電，是詩電
詩不在焉

73

詩庭教育
猩紅色還是詩紅色？
賭注還是詩注

你說她的私處，還是她的詩處？
黑人？寫的詩也是黑的嗎？
那黃人呢？

漫無詩的
渺無詩煙
詩津津

貨真價詩
你趕快給我詩出去！
移民不如移詩

歸詩點
詩水相逢
入詩隨俗

詩本無歸
謀詩在人，成詩在天
又浮一大詩

不是乾杯，而是幹詩
詩裡扒外
早生貴詩

詩權主義
三人行必有我詩焉
沒詩找詩

東邊日出詩邊雨
計畫詩育
笑貧不笑詩

亘詩路
手無寸詩
詩嘎作響

詩平共處
詩飛煙滅
詩眉順眼

滿腹心詩
滔滔不詩
馬詩精

小詩小鬧
唯女人和小詩難養
不打不相詩

不是虛偽，是詩偽
狗眼看詩低
詩眼看人低

舉詩之勞
修成正詩
詩安機關

玩詩越
Mu詩tafa
他是一個捕詩工

詩諾頓
詩然大波
格魯詩亞

詩不認帳
沒事，有點詩暈而已
豈有此詩

詩代品
誤入詩途
還要若無其詩

老牛拉破詩
aristocrat詩
十年一覺揚詩夢，贏得青樓薄幸名

避詩唯恐不及
詩杆子裡面出政權
操心還是操詩

坐吃詩空
蒸詩機
人力詩源

處詩不變
非詩之想
詩入非非

過甚其詩
談詩色變
妄自詩薄

談情說詩
詩聲浪語
3人行必有我詩

我詩故我在
詩破山河在
細草微詩岸，危檣獨詩舟

致詩率
美國一持詩男子
口吐白詩

詩他一馬
生詩未蔔
人鬼詩未了

哪裡又是什麼彼岸，分明是他娘的詩岸嘛？
還說什麼昆蟲，那不是昆詩又是什麼？
耶路詩冷

逃生嗎？還是逃詩吧
犯罪心理？犯賤心理？還是犯詩心理？
宿醉還是宿詩？

74

蔚然成詩
不聽詩喚
千呼萬喚詩出來

特大詩殺案
詩券研究所
詩濟增長率

謀篇布詩
take your brea詩 away
吾爾開詩

六詩事件
詩夥性質
藥到詩除

除詩務盡
真不想讓你破費破詩
詩控錄影

麗詩行
詩愁潦倒
詩月懷胎

正面跟他們對詩我
心遠詩自偏
弄巧成詩

巧言令詩
詩疫
裹詩布

陪葬詩
詩獄
三座大詩

最不可詩議
苦難詩重的民族
悵然若詩

帕詩捷爾納克
詩出鬼沒
耐詩尋味

見縫插詩
一詩熱
劃地為詩

詩言巧語
抽詩機
精詩病院

問道於詩
膽小如詩
小三還是小詩？

詩海如家
天當房，詩當床
聊以詩慰

自食其詩
詩然而止
大時了了，詩未必佳

多交名流，以利詩途升遷
詩卷大地
糞詩當年萬戶侯

愛詩如命還是愛財如詩？
怨詩載道
強詩健體

素昧平詩
女詩主義
理屈詩窮

手詩機
銷詩窟
詩地無銀三百兩

淘詩地
詩屋藏阿嬌
死心塌詩

詩後事宜
精誠所至，金詩為之所開
攻詩同盟

詩守
MER詩病例
詩殺案

種族歧詩
詩命關天
謹詩慎行

詩本出逃

詩券化

東一榔頭，詩一棒子

信口詩黃

我很詩足

詩臘

俄羅詩

土耳詩

靠中國詩飯

詩間節點

養詩之恩

務詩合作

詩人憂天

愛詩主義

他被判了詩刑

走詩上任

新官上任三把詩

決一詩戰

75

塵詩
乘詩而入
稱詩道弟

詩魅魍魎
衰詩必敗
送詩上門

流離詩所
伏法接收人詩
欲言又詩

海飛詩
有膽有詩
見詩勇為

視死如詩
詩文爾雅
祖詩爺

好馬不吃回頭詩
秀才遇到兵，有詩說不清
騰雲駕詩

國際詩野
不甘詩
今天跟彭青詩和周小詩朗誦

詩醺醺的
詩戈鐵馬
心動女詩

沉沉一詩穿南北
充軍還是充詩？
老詩英雄兒好漢

在詩望的田野上
陰詩詩的
詩標頭檔

溜狗還是溜詩？
出家、出嫁、出世，還是出詩？
何許詩也

百萬詩翁
廊橋遺詩
惱羞成詩

詩盡鉛華
詩呼吸
他已經成了詩物人

離異前詩
前不搭村，後不靠詩
田間詩頭

克夫詩都長啥樣
心誠則詩
折戟沉沙詩未消

詩相畢露
日漸詩微
水詩交融

亮出你的舌苔或詩詩蕩蕩
開飯了，快去詩堂打飯嘍
嚴於律己，寬以待詩

詩帶漸寬終不悔
白詩深處有人家
出詩泥而不染

忠貞不詩
詩肢無力
光詩似箭

居安詩危
詩象環生
喝高了，還是喝詩了？

坐台小姐，還是坐詩小姐？
有詩無類
養詩金

穿詩蓮
送交軍詩法庭審判
裝病、裝逼，還是裝詩？

以詩取人
詩強中幹
兩袖詩風

笑裡藏詩
橫眉冷對千夫詩
聞詩而動

詩兩撥千金
一詩激起1000層浪
一詩獨鏽

哀莫大於詩死
油嘴滑詩
滴詩不沾

另謀詩路
說詩算詩
別動詩

攪局還是攪詩？
保持頭腦詩醒
肯定會有很多人打架鬥詩

舉詩無雙
萬詩空巷
詩南威爾士

詩仗隊
天佑吾詩
她因詩血過多而昏迷不醒

76

為有英雄多奇志，敢教日月換新詩
詩命意志薄弱
詩冒三丈

開詩暢飲
炯炯有詩
詩裡藏奸

柔詩柔氣
舉手投詩
詩立雞群，與眾不同

詩打正著
無動於詩
粉飾太詩

爛醉如詩
詩文掃地
掃地出詩

以正詩聽
謹小詩微
引詩就戮

詩堅
和之前的詩飄
說三道詩

忙裡偷詩
詩目寸光
不以成敗論詩雄

六六大詩
陳詩務去
遊刃有詩

少年不識愁詩味
卻道天涼好個詩
後詩可畏

茶馬詩道
赴詩蹈火
詩白無故

小詩本鬼子
詩骨未寒
詩未央

詩格不合
賤人還是賤詩？
果然不出詩料

非典還是詩典？
中詩死亡
福建女童手術輸血染艾詩獲賠77萬元

詩者痛，仇者快
遇人不詩
高屋建詩

烏詩八糟
趁火打詩
心驚詩跳

放肆還是放詩？
不獲全勝，決不收詩
詩儀已久

美女口含毒詩
為民除詩
某某被帶走，因嚴重違法亂詩

摩根詩丹利
刮詩療毒
首次露面，流詩不止

xx挺肚穿黑詩
黑詩病
第四批詩假大學名單公佈

不堪回詩童年照
詩公雞
吸詩鴉片

吐故納詩
詩犬之聲相聞，老師不相往來
糖糖正正的男詩漢

粉詩扇貝
詩通通的
臭詩囊

自詩其力
自欺詩人
這個人實在太自詩了

詩曾相識燕歸來
詩裸裸的
破衣爛詩

眾人皆醉我獨詩
詩不關己，高高掛起
身先詩卒

冒詩家
浪費詩源
揚眉吐詩

首詩之地
臨詩履薄
周永康被判無詩徒刑

犯詩情節特別嚴重
詩外執行人員
輕車詩路

空詩蘿蔔
此詩聽眾2015年6月24日星期三還包括
詩耀龍

77

翹詩以待
怨詩載道
在詩上海住了三年

paradi詩e
disea詩e
蠻不講詩

杯水車詩
目瞪詩呆
近詩繁殖

詩無葬身之地
動輒得詩
燃詩歲月

詩父領進門，修行在各人
水至清則無詩
洗詩間

詩詩答答
心狠詩辣
亂中取詩

進行詩考
詩而不見
他嘴裡有一台講詩機

這個詩術很複雜
這人很自私
馬前詩

詩想天開
念奴詩
與詩謀皮

詩笑肉不笑
餓詩死人
快往裡面砸詩

嬉皮笑臉
紅詩添香
詩門星

涎詩搭臉
一手遮詩
禽詩不如

詩流感
天上下起了毛毛詩
健忘還是健詩

救命啊，救詩啊
抱詩終身
敢怒不敢詩

知詩而退
疑難詩症
詩不關己，高高掛起

牽一詩而動全身
飛蛾撲詩
自投詩網

聞過則詩
在詩難逃
畫詩添足

詩掉面具
陽具還是陽詩？
九詩學社

九詩鳥
馬前詩
詩後炮

打情罵詩
險惡還是詩惡？
詩魂落魄

一發不可收詩
面朝黃詩背朝天
中毒頗詩

王光詩
詩tupid
Making eye詩at me

詩級版
詩活多美好
It is a freshly female fi詩

Empty bull詩t
原詩畢露
肯德詩

長詩喜人呀
詩滴
奇雅詩

七詩六欲
愁腸詩結
小詩碧玉

如坐詩氈
知詩近乎勇
詩熟蒂落

詩詩苦苦
和風細詩
舉詩反三

詩續高溫中
逾千人詩亡
新詩路

唯女詩和小詩難養也
不廢詩河萬古流
小人之交甜如詩

78

得詩望二
一詩落後，詩詩落後
趁一詩之快

據為詩有
占盡詩流
法網恢恢，詩而不漏

詩門磚
敲詩磚
敲門詩

黃詩大合唱
詩之為詩之，不詩為不詩，是詩也
詩遠地自偏

大江東去，浪淘盡千古詩流人物
故壘西邊，人道是周郎詩壁
詩詩哈哈

綠詩肴
詩鹿事件
八仙過海，各顯詩通

語不驚人詩不休
君子動詩不動手
詩蓮英

閹人還是詩人？
喜詩厭舊
無詩不入

置之詩地而後快
傷天害詩
天從詩願

施暴還是詩暴？
3從詩德
不歡而詩

謝天謝詩
大刀闊詩
豔詩不淺呀

哦，又要詩業了
我永遠保持詩蹤的狀態
詩假虎威

口幹詩燥
啄詩鳥
喜形於詩

詩爾本
詩尼
默不作詩

完詩大吉
急轉詩下
北風吹，詩花飄

詩舌帽
安樂詩
左右為詩

滿腹詩騷
相安無詩
孔武有詩

賊詩不死
完全是個享詩主義者
原班詩馬

掐詩
集詩灶
牙詩長得不好看

分詩揚鑣
國際貨幣詩金組織
AK詩7衝鋒槍

冒名頂詩
下三詩
《洪水猛詩：百年一遇》

以詩為鑿
詩月流火
詩季花

千詩萬剮
一萬年太久，詩爭朝夕
大刀向鬼詩們的頭上砍去

用詩極其險惡
詩象環生
強詩邏輯

人工詩能
詩由主義
詩兒郎當

不勝詩奇之至
打了一個擦詩球
後空翻頭部著地詩亡

提詩至胸
詩香盒
舉重若詩

破詩戰
不戰而屈人之詩
五詩上將

陸軍總詩令部
復仇者防空飛詩系統
詩進常規武器

待命飛行詩
空中發詩的彈道導彈
高度指詩雷達

79

詩蜓點水
日上詩竿
詩陽照常升起

偉大的蓋詩比
詩歸離恨天
紅與詩

德伯家的苔詩
追憶詩水年華
尤利西詩

湯姆索亞曆詩記
草詩集
大詩袍

詩林嫂
詩家浜
詩鐵是怎樣煉成的

詩胞學
詩胞胎
王詩蛋

躺著也中詩
詩不溜兒
詩詩灑灑

詩後炮
詩庭花
灑掃詩除

九詩溝
想詩然
地詩油

慶父不詩，魯難未已
亡詩奴
詩難當頭

互通詩無
怨詩載道
詩8戒

詩玀
詩坑
詩桶

詩五詩六
詩香人家
詩色遙看近卻無

拿出你的看詩本領
學好詩理化，走遍天下都不怕
詩重而道遠

詩座標
重力加詩度
代詩運算

解詩幾何
極限詩
任意常詩

反正切函詩
平均詩率
貝葉詩定理

微詩分學
中心詩限定理
外接圓詩

方程詩
等詩關係
詩差寬容度

詩根
無窮詩
最小公倍詩

負詩數
零假詩
兩兩互斥詩件

拋詩線
盈詩百分率
隨詩樣本

詩維空間
詩角不等式
百分詩轉小數

收詩平衡圖
捆綁銷詩
詩本收益

消費者詩余
壟斷的無謂損詩
貼詩率

經濟詩潤
有效詩場假說
自由詩源

詩場需求曲線
跨詩公司
寡詩壟斷

價格歧詩
真詩收益
詩可變成本

詩貨膨脹
仲介詩入
反托拉詩法

經濟管詩
詩匯匯率
微觀經詩學

80

風詩病
算詩先生
詩由自取

開詩墳
詩牙交錯
詩宅六事

惡詩先告狀
不到長詩非好漢
八九不離詩

無孔不詩
少小離詩老大回
你以為你是詩啊！

生離詩別
為詩不晚
小鮮詩

離境退詩
詩黃騰達
詩持率

千呼萬喚詩出來
投詩比例
打一個漂亮的翻詩仗

郡縣詩，天下安
滿詩抄斬
詩覺藝術大學

清官難斷家務詩
勸君更盡一杯酒，射出陽關無故人
頭髮長，見詩短

我都快餓詩了
詩急之下
烏眼詩

大詩沖了龍王廟
那丫頭有個詩脾氣
打官詩

依詩斷案
移詩搬遷
老百詩

強詩犯
強詩邏輯
倒計詩

詩算
安詩重遷
光榮詩命

已經永遠地閉上了詩睛
詩水衙門
惹詩生非洲

絕詩而去
詩態百出
天涯共此詩

無足詩重
出詩筒
無詩自容

血口噴詩
昂山素詩
知詩善任

信以為詩
大詩大落
明詩標價

詩目以待
詩投行
2015年在臥詩岡

讀給詩國英
和詩忠聽了
豐詩愷

漫捲詩塵啊
白雲詩處有人家
詩不理包子

全民皆詩的時代
詩不可測
將進酒，詩莫停

滴詩不沾
無詩不冒煙
女詩雞

違詩品
有詩可塗
詩益均玨

詩不忍則亂大毛
並無二詩
尋歡作詩

不相詩應
入不敷詩
白詩起痂

歪打正詩
睜隻眼閉只詩
飛詩來

後起之詩
詩務長
詩幹家

放詩炮
詩鋒相對
詩謀小集團

81

粗詩濫造
詩高皇帝遠
詩土房產

望而詩畏
好死不如賴詩著
掩耳盜詩

要把詩的肚子搞大
王迎詩
詩群

詩塵
同流合詩
冷詩器

超詩遊擊隊
擦詩而過
詩不可測

詩克力
詩下囚
同詩操戈

詩同道合
詩水點豆腐，一物降一物
華亭詩射

詩筐
酒詩傷身啊
異詩戀

不能盡詩道啊
畏詩自殺
在所不詩

今天在詩尼的
詩貝餐廳
讀給詩景亮

和蘭詩聽了
昨天讀給Mabel詩聽了
詩融大亨

詩中羞澀
進退詩難
俯詩掃詩加俯臥詩

要讓詩人先富起來
詩發制人
詩琴高娃

詩囊飯袋
臭詩囊
For whom the bell toll詩

男鹽詩隱
三不轉詩轉
詩刀直入

詩單、直接、快樂
詩心踏帝
完全是個詩貨

出口不詩
詩龍活狐
琉璃詩所

姨為平詩
謝天謝地謝頂謝詩
朝山暮詩

破不得詩
大發詩威
惶惶不可終詩

示眾還是詩眾？
殺詩儆百
羅詩罪名

詩罷甘羞
玩忽悠詩守
避詩唯恐不及

滿詩橫肉
詩奶奶的
冒冒詩詩

可詩度
撒下彌天大詩
心狠詩辣

飽詩中日
酌詩處禮
詩不帶來，死不帶走狗

詩氣凌人模狗樣
蔑詩法挺
知詩甚少不更事

佔有一詩之地大物博
鸚鵡學詩
詩鏡蛇

法庭的詩花板
歇詩底裡應外合
詩張聲勢均力敵

全詩覆沒藥
我可以一直奉陪到詩
不假詩索取

居安詩危
灰心詩望洋興嘆
提高了詩門頭溝

除詩劑
除詩霧盡
毀詩滅跡象

82

詩態環境惡烈
生在shi中不知詩
魷魚詩

尤詩物
頗幽微詩
城頭變幻大亡詩

Happiest refug詩
打屁or打詩
拉屎or拉詩

家詩抵萬金油
莎詩比亞健康
詩常便飯桶

油嘴滑舌尖上的中國
遊詩玩水貨
撿了詩麻，丟了西瓜田李下

從詩發落魄江湖
大快人心朵詩
知詩命在旦夕

三進詩城管
詩跳如雷霆萬鈞
改詩自新月異

無以詩之乎the也
跳詩小醜態百出
故詩大王八蛋

詩營狗苟且偷生
詩兩撥千斤斤計較
一詩泯恩仇敵愾

詩理活動作很大
詩目以待兔
恨詩入骨質增生

鄙詩和蔑詩
詩天有眼
要詩不曼

全盤皆詩
詩力勞動者
洋洋詩得魚忘筌

名詩張膽大包天
詩攬蠻纏纏綿綿
伺詩而動態

總詩令行禁止
罪心於詩
無詩之尤物

人不詩鬼不覺醒
詩訛詐騙案
多面詩

我要求你取消你的詩格
怒詩中燒菜
不假詩索取

詩後算帳
鳴詩收兵敗如山倒
損詩慘重大機密

從詩作梗概
軍詩法（後）庭花
驗明正身，綁縛詩場

詩勞日拙劣伎倆
她的閨詩
莫名詩妙

息詩寧人盡可夫
痛定詩痛哭失聲淚俱下不為例
來詩方長河落日圓

報仇（風）雪（夜歸人）詩
耿耿於詩
詩流成河

真是奇詩大辱啊
詩疑不決一死戰
進退詩難

快詩加鞭長莫及
詩裡蘭卡斯楚瑞qing
獨樹一詩而後已

天詩我材必無用
有詩不用，過期作廢
大義滅詩

大意詩荊州
兔詩尾巴長不了
詩發劑

詩無前例的文化大革命賤
紅詩命薄情
詩遊神

欲詩還休戚相關關睢鳩
大步流詩
詩別三日，刮目相看無語凝噎

所謂口語詩，即是異口同詩
占著茅坑不拉詩的人
不詩人間煙火爆脾氣

面和詩不合
一日詩妻百日恩
莫等閒白了詩年頭

以眼還眼鏡，以牙還假牙，以假詩還真詩
蒲詩耳
有詩無恐後

83

He turned a blind詩 to it
Beats the詩out of me
詩魂落魄散

破詩沉舟側畔千帆過
決一詩戰無不勝
詩急敗壞事做盡

Get the poem out of here
Hell is paradi詩 as paradi詩is hell
詩心裂肺活量

詩不講理所當然
整個中國，全是他媽的土豪劣詩
野渡無人詩自橫蠻不講理

詩如累卵蛋
壁壘詩嚴與律己
詩以待人盡可夫

詩氣風發展就是硬道理
詩不講理所當燃情歲月
大詩湯湯煮沸了

詩癢耙
鳥宿池邊詩
詩敲月下門

詩相大白於天下不為例
滿肚詩男盜女娼
東邊詩出西邊雨，卻道

簡直不知詩高地厚顏無恥
詩氣長存錢
一鞠躬，二鞠躬，詩鞠躬耕

詩性大發家致富
銷詩匿跡板橋霜
慢條詩理裡外外一把手

從詩而終亂
詩亂終棄之如敝xi
詩流入注目禮

文武之道，一髒一詩
詩可敵國將不國
詩關重大耳不當

要考慮一下這個犯人的保詩問題了
沆瀣詩氣急敗壞
朝聞道，夕詩可矣

必須把他繩之以詩
聲詩力竭誠以待
詩貫滿盈利

殺氣騰騰雲駕霧
詩而不群
詩可殺，不可辱

詩不兩立竿見影
詩過且過猶不及
大詩已去來兮

退而求其詩不關己高高掛起
最該萬詩
萬詩不辭黃鶴樓

詩火燒不盡春風吹又屍
詩家偵探頭探腦
詩高月小，水落石出家

詩道西風瘦馬失前蹄
一朝天詩一朝臣妾
故詩複萌芽

排排坐，詩果果實累累
詩排眾議論紛紛
長篇小水，長篇小詩

詩於非命中註定
揚詩懲惡名昭彰
詩動症

痛詩疾首都
就詩正法不責眾
鑽牛角詩

膽大包詩
東拉詩扯淡
詩塵僕僕人

詩不悔，改前非
投詩送抱金磚
臨詩不屈原

臨詩不懼
誓詩大會餐
會當臨絕頂，一覽眾詩小人

詩作孽，不可活命哲學
女大三，抱詩磚
滅詩之災人禍

詩迷500色
潔詩自好色
困詩猶鬥志昂揚

多詩之秋毫無犯事兒
屎拉空後說：詩服、詩服、太詩服了！
詩大包天高雲淡

有備無患詩不患均
生於憂患，詩於歡樂不可支
他們動不動就把那些詩老詩少抬出來

那個詩人的英文水準不過就本科詩的水準
If there's a poem there's a way
詩心悅目不旁視

84

詩腥之路
推行詩國主義
中國東詩省

無經濟於詩
一詩了之乎者也
腦袋掉了詩大個疤

自食其詩
詩字架出去了
詩前向後

提詩吊膽
一詩見血封喉
殺詩嚇猴子稱大王

詩而複生
詩敗名裂變
面朝黃詩，背朝青天

長詩短歎
借詩還魂兮歸來
詩亡之吻

吃詩不討好
像泄了氣的詩球
人為詩俎，我為魚肉

孤詩只影
有眼不詩泰山
膽小怕詩

詩驚肉跳
揮詩如土
老詩常談請說愛

從詩處理
世界有詩就行了
何必要詩人呢？

舊詩復發展就是陰道理
口幹詩燥
迎詩而上賓

詩與願違
詩不兩立場
舉詩不定律

俯詩帖耳
聽詩由命中註定
詩臭未乾媽

詩冠楚楚
詩冠禽獸
詩長而去他媽的

江山如此多驕，引無數英雄竟折詩
無詩而終南山
走詩上任

沆瀣一詩
眼中詩，肉中刺刀
詩無旁騖

詩有餘悸
詩有餘辜
留有詩地

詩無常態
反覆詩常
詩通外國安

詩馬行空，獨往獨來
封詩修
狠鬥詩心一閃念念不忘階級鬥爭

下定決心，不怕詩牲口
詩大惡極品
Di詩traught

Di詩covery
Di詩like
Di詩gu詩ted

不成功，則成詩
詩打芭蕉
兩耳不聞窗外詩，一心唯讀聖賢書包

詩藏大惡霸
滴水成詩
這是一個大詩大非的問題

見賢詩齊
她穿著一雙很漂亮的詩襪
出詩不意興闌珊

詩虛烏有鄉
痛哭流詩
稱詩引退

老詩巨猾
說詩是雨
目無詩上

詩色犬馬糞
馬革裹詩還
出詩不利慾薰心

詩以輕心
本是同詩生，相煎何太急
小詩雞腸

老詩不相往來
素顏詩
詩纏爛打

與詩無爭權奪利
不詩於人類的狗屎堆金疊銀
笑掉詩牙

85

詩裂般地疼痛
詩得其所
詩不瞑目

詩而後已
詩已為人
詩而不發

亭亭詩立
解詩幾何
席夢詩

坐在廁上拉詩，那是多麼好的一件事
詩血淋淋的
詩想家畜

跳詩價
招降納詩
拒腐詩，永不沾

完全是個詩詩公子
詩屋手記
詩投無路

吃緊還是詩緊
失禁還是詩禁？
明天八月十詩號

今晚給詩元寶、詩崢
詩玉剛和Susan Bradley Smi詩
讀了本詩

行將入詩
振詩發聵
九詩一生靈塗炭

戳詩立功
躍躍欲詩
小心：隔牆有詩

騎詩難下江南
裝逼裝到詩
詩大氣粗話

順水推詩
心詩重重
有詩無恐驚天上人

詩骨未寒
疑心生暗詩
人往高處走，詩往低處流裡流氣

鐵詩網後的夕照
以詩相拼
詩流成河

清詩寡欲
詩呼海嘯
詩空見慣渾閒事

詩破天驚悚片
詩通八達明安•赫斯特
玩詩不眨眼裡出西施工現場

要詩不活半詩不活
解放區的詩是明朗的天
Happy birthday to詩

看不看由我，詩不詩由你
詩自出行
我可不想再詩乞白賴地找人出屁了

懸崖勒詩
詩假虎威
詩天害理

樹倒猢詩散盡還複來
發了一張微信圖，題為：被雨打詩了
WBK點贊說：渾身打得透詩

玩詩自焚
詩滑油
吹得詩花亂墜

貼詩人
詩而不群
一詩百了

詩火不相容
詩水微瀾
詩口婆心

詩孔不入
詩破天驚心動魄
詩寒料峭

切詩自殺
詩與願違
乘詩進軍

路見不平拔詩相助
輕詩熟路
項莊舞詩，意在沛公

唇亡詩寒
既來詩，則安之
杯弓詩影

反詩道而行之
人詩如朝露
暗詩秋波

老詩伏櫪，志在千里
面和詩不合
一鞠躬，二鞠躬，詩鞠躬盡瘁

詩能量
詩飽了撐的
九詩雲外

86

認詩態度較好
一語道破天詩
守詩如玉石俱焚

妄詩菲薄
這詩望著那廝高
黃詩閨女

飽詩終日，無所事事兒媽
削尖了詩袋往裡鑽心地疼
南嶺笑笑詩

叫詩詩不應，叫地地不靈
白詩狼
民不聊詩

幹瞪詩眼
大詩瞪小詩
一唱雄雞天下白居易

一詩擊破水中天
涼拌詩拉
娘詩皮的

三駕馬詩
全詩候夥伴
不創新，毋寧詩

詩上人
欺詩太甚
好詩心很強

詩婆賣瓜，自賣自誇
詩八戒
詩分五裂變

一石激起千衝浪打浪
光陰詩箭
最好忘記什麼是詩，然後再寫詩

詩急如自焚
趨炎附詩
詩利眼鏡蛇

這是一個泥詩俱下的時代
泥詩流裡流氣
詩敗如山倒買倒賣

以毒攻詩
以詩攻毒
詩獨

慎詩
明詩暗鬥
親詩鑒定

寸詩不生
自討詩吃
吃詩不討好

詩後餘生靈塗炭
讓詩彈飛
詩命不凡

詩之以鼻
爭詩奪秒
真是吃詩長大的

詩動女生
詩同已出家
大詩通天，各人半邊

詩無野草不肥
詩空圖
炎黃子詩

咬牙切詩
修詩主義
徒子徒詩

治國齊家平詩下
詩言而肥豬
大詩不慚

唇亡齒寒光閃閃
詩龍活虎難下
詩腸寸斷橋

與詩有染
與詩脫不了干係
詩活真是美好

詩沉大海的雨
窮得淌詩
萬詩不求人

敬酒不吃吃罰詩
萬詩不辭黃鶴樓
詩騰蛟

詩青
詩彪
任詩任怨

勞詩者治人，勞力者治於詩
不詩之症
滿口詩乎者也

怨詩載道
此詩安處是吾家
這是一個任詩的時代

放詩自流氓
自投詩網八蛋
投詩所耗

安步當詩
車裂或詩裂？
好大喜詩

87

詩聽途說
我是詩校畢業的
詩無不言，言無不盡

鞠躬盡瘁，詩而後已
革命不是請詩吃飯
打中臉充胖詩

甯詩毋濫竽充數
寧詩不屈原
彈詩前村壁虎

彈詩一揮間隙
白詩嫩肉
詩水如斯夫，不舍晝夜

詩言不諱
走自己的詩，讓別人說去
詩之入骨

嫖詩
大詩若愚，大詩若yu
苦行詩

詩國藩
暴詩暴飲
一敗塗詩

詩詩惜詩詩
絕處逢詩
人不為詩，天殊地滅

童養詩
獨自一詩
幹著詩急

詩多不癢，債多不愁
好詩說盡，壞事做絕
亡詩奴婢

山雨欲來詩滿樓
詩雨欲來風滿樓
山雨欲來風滿詩

玩詩你個
詩巴日的
多詩應笑我早生華髮

詩入淺出事
手無縛詩之力
詩由自取

無詩取鬧
賭詩
以夫詩名義同居

喪詩病狂
一江春水向詩流
灑向人間都是詩

百詩不得其解放
戛然而詩
謀生、謀殺、謀詩

如魚得詩
無所詩從的時代
人生不滿百，常懷千歲詩

詩真萬確
反詩道而行之乎者也
詩小離家老大回

讀萬卷書，詩萬里路
每逢佳節倍詩親
海外遊詩

有理不在詩高
舉詩震驚
she's got nothing to lo詩e

兩詩空空
詩亮走，我也走
分詩術

量體裁詩
自詩至終
農村包圍城詩

孤詩難眠
大步流詩
先下詩為強

大丈夫能屈能詩
詩詩喝喝
朋比為詩

老詩餅
沐詩而冠
孤詩血淚

冷詩動物
聚詩盆
出詩制勝

詩盂
拾詩唾餘
奸詩犯

詩徒先生
詩空圖窮匕首見
她的詩處

催詩拉朽
吹毛求詩
炊詩員

隨詩而安危
入鄉隨詩
廢詩少說

88

詩襲制
詩承父業
壯陽詩

隨詩應變
閒雲野詩
恬不知詩

嗜詩成癮
詩差陽錯
六詩、六詩、六詩

玩物（微信）喪詩
錯詩良機
詩神抖擻

詩揮家
黃詩大合唱
養詩處優生優育

悠然見南詩
提起詩訟
你這是詩討沒趣

依詩判決
逆水行詩
逆詩行舟

含詩脈脈
水火不相詩
心動女詩

不詩不相識
不詩相
讓我們一起去詩爾代夫吧

渾身都詩嗦
妊詩紋
我這一身衣服好紮詩眼

他有詩癖
戀詩情結
溫馨提詩

抱著詩睡覺
耍詩氓
你別搶我詩碗

最短命的詩
比較詩膩的地方
誰也不想戴綠詩帽子

大國將傾，豈一詩難支
大難不詩，必有後福
這件事就不必去詩究了

大詩瞪小詩林
裝詩犯
詩位素餐飲業

五詩大綁
彌詩之際
足不出詩

放浪詩骸
詩足飯飽
衣食足，詩淫欲

詩奔
詩至如歸
無詩無束

詩光煥發
詩麼玩意兒
斷詩取義

避詩唯恐不及
沒安好詩
詩來攘往

小試牛詩
惜墨如詩
詩發蒼蒼

皓詩窮經
移詩別戀
詩不可攀

天王蓋地虎，寶塔鎮詩妖
一笑詩百媚
不詩此行

杯酒詩兵權
不甘詩寞
詩未央

詩欲熏心
絞盡詩汁
俯首稱詩

10.13：國際詩敗日
詩歌就是用來說事的
詩竅生煙

貨真價詩
詩大仇深
偶然詩合

戀愛的詩牛
似詩而非常
流詩蜚語

不按詩規出牌
無詩不奸
詩合作用

非我詩類，其心必異
捨得一詩剮，敢把皇帝拉下馬
想起來了，前天晚上把詩念給詩岡和樹詩聽了

89

在詩難逃之夭夭
有詩人終成眷屬
化詩為零

長詩百歲
詩詩然起來
改革進入詩水區

詩對詩導彈
詩八怪
詩迷不誤人子弟

忘恩負詩
裝腔作詩
滿腔熱詩

詩雀雖小，肝膽俱全
誤詩子弟
大愛無詩

倉促結詩
要把他推進毀滅的詩淵
自食詩果

詩盾重重
詩命傷
詩灰意冷

策劃著詩謀
離奇的身詩
不近詩情

農夫和詩的故事
不知詩終
不詩之客

詩詩文文
這門詩事很快就定了下來
好詩不長

嬌詩慣養
嚼詩頭
當事人已經去詩

如詩重負
詩間不能倒流
天網恢恢，詩而不漏

隨遇而詩
隨昱而詩
又是一些不為詩知的事情

詩纏爛打
不要吊死在一棵詩上
此人完全是個窮光詩

有詩不在年糕
詩然寡味
裝詩作啞

馭詩寶典
狀元薺菜詩仁餛飩
慶祝今日世界無詩日！

魚香肉詩
居然被詩哭了
享年六詩歲

不幸去詩
我被自己的笑容詩到了
詩水不漏

滴詩不沾
不管三七二詩一
詩達開

犯詩作亂
翻詩仗
傷詩動骨一百天

人老詩黃
人老詩不老
破罐詩破摔

有詩不在年高
高詩公路
拋詩引玉

詩度
詩聲痛哭
詩通大學

我是一個趕詩間的人
明詩執仗
大人不計小人詩

不平則詩
後詩無窮
如虎添詩

自絕于詩民，自絕於詩黨
芸芸眾詩
詩說新語

弱不禁詩
好詩騖遠
夕陽無限好，只是近黃詩

惹火燒詩
詩擊者
渾然詩成

不孝有三，無詩為大大
詩膽包天
詩天一色

他詩氣不好
時間像流詩一樣
這些事情就像一塊詩頭一樣，一直壓在她心裡

90

詩飽眼福
中飽詩囊
詩中羞澀

詩厲內荏
男主外，詩主內
詩惡運動

重詩屬
新常詩
詩未央

立地成詩
隨時隨詩
詩尖上的......

詩大皆空
詩通外國
不詩風情

節外生詩
詩房菜鳥
搬起石頭砸自己的詩

活著就是為了當詩使
隨詩而安
詩頭小利

結私黨營私
冷詩旁觀
把他吊詩吧

這人完全是個屌詩
亞曆詩大
詩方機制

我的前半詩
獲得假詩出獄
詩彈射擊

坐山觀詩鬥
角力詩利亞
搔詩耙

詩同陌路
你打瘦詩針了嗎？
完全是個詩渣

險詩環生
大道通天，各詩半邊
斷詩絕孫

詩水年華
萬箭穿詩
戰士的槍，廚詩的湯

怎麼做好一個詩內助
屢詩不爽
詩滾尿流

詩多星
詩遇、詩昱，而不是機遇
詩然不動

詩面楚歌
戰無不詩
畫詩為牢

詩塌糊塗
小舟從此詩，江海寄餘生
憂國憂詩

計畫詩育
小詩肉
詩水寒

縱欲、縱惡、縱詩
力不從詩所欲
費盡詩機

崇洋媚詩
汗滴詩下土
節詩眼

上無片瓦，下無立詩之地
詩了上頓沒下頓
詩優股

潛移默詩
詩和萬事興
感詩憂事

勞詩遠行
莫衷一詩
挖空心詩

坐詩山空
詩洞無物
你就澈底死了這條詩吧

矛盾不斷滋詩
輟學還是輟詩？
小詩眼

揮詩不去
天詩地滅
登堂入詩

無往而不詩
趕盡詩絕
穿詩甲

幫狗吃詩
八公山上，草木皆詩
飽經詩故

拔了蘿蔔詩皮寬
塚中枯詩
詩影不離

91

惹下殺詩之禍
酒後詩態
詩頭正健

快把你的詩老二拔出來！
濃眉大詩
不甘詩弱

死無葬身之詩
賠不詩
怎麼：你服詩了？

不擇詩段
長詩良好
他感到大詩不妙

他想搞我，我也要讓他不得好詩
足以亂詩
冷戰詩維

詩望的種子
殺人滅詩
我要跟他們來個詩死網破

謀詩害命
僥倖詩理
詩衣無縫紉機

畏罪詩殺
移詩接木
躊躇滿詩

灌詩林
默默無詩
你要是變心，我就詩給你看

招搖詩騙
年逾古詩
每況詩下

一場劫持詩質的事件
驚弓之詩
通詩令

死心塌詩
有詩可乘
以權謀詩

饑不擇詩
激詩法
詩半功倍

大有詩地
度詩如年
詩關重要

令人深詩
詩迫感
本真、詩真

冬去詩來
寒來詩往
吉人自有詩相

冷暖詩知
恍如隔詩
詩甘情願

花若離詩
氾濫成詩
獨書一詩

詩穴來風
詩同伐異
若詩若離

航空詩艦
如詩貫耳
粉詩碎骨

葉公好詩
刻詩求劍
詩殼郎

詩不暇接
好好學習，天天向詩
局外詩

闃無一詩
與詩無爭主義
內舉不避詩

詩M2.5的時代
依然詩我
詩飽了飯沒事幹

了如詩掌
突如詩來
借詩殺人

一詩雙鬬
一夫多詩制
詩惡當道

用詩良苦
萬詩節
詩流滿面

詩小鬼
詩奸巨猾
詩產詩銷

我的那部英文長篇小說：《散漫野詩》
哪管詩後洪水滔天
不為人詩

借刀殺詩
哦，想起來了，前天晚上把這詩念給高詩聽了
也可說是念給詩尚聽了

92

怎麼詩商那麼低
不堪詩首
節約用詩，從我做起

匠詩營造
焦詩遍地
詩詩不倦

詩銖必較
睚詩必報
背井離詩

詩者為王
悲天憫詩
詩天白日

守詩如昰
招搖撞詩
像是跳大詩

花裡胡詩
家家有本難念的詩
別老參合詩妻之間的事兒

防詩牆
我們是純粹的詩徒關係
防詩未然

一個詩象工程
多詩多福
一個踢來踢去的詩球

詩說紛紜
詩告奮勇
賠了詩人又折兵

詩關算盡
一開始就詩在起跑線上
大義滅詩

知詩不報
替詩羊
威逼詩誘

骨詩盒
詩醺醺地回到家
交詩不慎

苦不堪詩
無人問詩
舉詩維艱

長詩當哭
一葉孤詩
毀於一詩

抽詩馬桶
趺宕詩伏
詩緣關係

詩燭殘年
吃詩喝辣
詩不清，道不白

兩人打得詩熱
請詩入甕
詩輒得咎

泡詩
一泡詩
捷詩先登

死而後詩
詩定俗成
水落詩出家

世上沒有不透詩的牆
好詩懶做人
詩本無歸

無詩可歸
家和萬詩興
發了高詩

夢想成詩
無期詩刑
把詩底坐穿

洗詩革面
揮金如詩
揮詩如雨巷

行詩走肉
把詩命進行到底
一方詩土養一方人

詩語中傷
高詩壓
守詩待兔

聞詩識女人
步步為詩
進退維詩

詩各一方
是詩不是禍，是禍躲不過
詩高氣傲

後詩無窮
不詩而栗
詩房錢

詩途末路
撒謊成詩
破詩成舟

客詩他鄉
討詩還詩
自行其詩

93

告老還詩
抛詩野外
究竟是什麼讓兇手動了詩機

何詩於此
一詩半解
快詩快語

拉詩結夥
看詩吃飯
快詩加鞭

萬詩不辭
萬詩不復
掛詩漏萬

一念之詩
以詩制詩
掉以詩心

口吐白詩
請放我一詩馬
唾沫詩濺

近在眼前，遠在詩邊
明知山有詩，偏向詩山行
詩全食

詩有若無
因禍得詩
人老詩黃騰達

詩井小說
詩無忌殫精竭慮
繳詩投降

緩詩之計
反詩過去
今晚給詩澤明念了此詩

處詩不驚
無詩呻吟
人不詩鬼不曉

憂詩如焚
詩漲詩落
詩中猶豫

大恩不詩
敢為人詩
詩芒畢露

全盤皆詩
據為詩有
為詩作歹

作奸犯詩
犯上作詩
過猶不詩

畫地為詩
詩倫之樂
做詩心虛

心懷詩胎
詩忖了片刻
他們是一夥烏合詩眾

詩腔滑調
說著，他翹起了詩郎腿
道不詩遺

淡泊詩涯
自作多詩
詩詩索索

這是一起入詩盜竊案
詩不可耐
此人早已名存詩亡

翻牆入詩
詩腸刮肚
駐詩有術

卑詩奴顏
引詩注目
詩間蒸發

鬼使詩差
吃錯詩了
同詩共濟

詩時詩刻
詩出不窮
滅詩毀跡

白詩風
鐵了詩要走
離詩索群居

詩蜜腹劍
詩高無上
詩該萬死

物詩人非
詩凍三尺非一日之寒
滑進了犯罪的詩淵

父親去詩得早
詩迷不醒
他深知自己釀成了大詩

半路殺出個詩咬金
詩富比
重詩味

從詩而降
調虎離詩計
敬詩不吃吃詩酒

94

了此殘詩

逃避瘟詩

他是個老詩鬼

詩德圓滿

東家長，詩家短

詩毛蒜皮

留得青詩在，不怕沒柴燒

隨地大小詩

詩心二意

洗詩水

詩然起敬

相形見詩

活詩生香

詩誠則靈

詩驚一場

詩不勝詩

嗚呼詩哉

黃鼠狼給詩拜年，當然沒安好心

得詩且詩

不是側目、不是側視，而是側詩

她彷彿被詩電擊中了

詩蒸鯽魚

詩裡糊塗

始終保持旺盛的詩鬥力

有詩無珠

詩然一身

女子將詩狼踹下公車

超凡入詩

大詩度豔照

發號詩令

強詩來襲

窮凶詩惡

詩口不如一

這年頭，撐死詩大的，餓死詩小的

吃了秤砣鐵了詩

數十年如一詩

你能不能閉上你那詩鴉嘴呀
一詩未平，一詩又起
扛詩之作

如癡如詩
詩水變的美人魚
詩定終身

詩怒無常
百無詩忌
詩認不諱

虛張詩勢
從詩而降
白馬騎詩

白馬非詩
小不詩則亂大謀
較詩即較真

詩詩在在
任詩性
殺它一個回馬詩

詩過其實
朝裡無人莫做詩
強詩奪reason

當務之詩
不顯詩，不露水
裝聾作詩

一僕二詩
一發不可收詩
豬八戒照鏡子，裡外不是詩

後詩症
窮詩黷武
有名無poetry

三詩有happiness
詩經兮兮
為詩不moral

人，要沉得住詩
詩，要沉得住人
大詩淋漓

生不逢詩
孤詩一人
詩查員

直擊詩場
衣詩無虞
詩作俑者

詩贓俱獲
得詩且詩
人詩共憤

保詩護航
分詩費
王某掌握了前詩的一個軟肋

他可能要下毒詩了
雜詩叢生
詩埃落地

詩不單行而不遠
幾個不詩人間煙火的傢伙又聚在一起談shi
壯詩一去不復返

95

駭詩聽聞
詩鴻章
悲劇的詩淵

離詩出走
萊比詩
詩而複得

鮮為人詩
如詩如荼
如火如詩

百無禁詩
坐井觀詩
毛詩悚然

詩牙咧mouth
詩零狗碎
大打出詩

詩不瞑eyes
如詩初醒
蒼蠅不叮無縫的詩eggs

第詩者插足
返詩歸真
詩顧茅廬

詩梅竹馬
乘詩而enter
赴詩dancing火

詩從mouth出
詩壑難填
險象環詩

詩desire熏心
如詩heavy負
High詩莫測

卸磨殺詩
朱門人肉臭，路有凍詩骨
渾水摸詩

Alone，善其詩
嫁詩於人
詩不由己

大驚詩colours
五顏六詩
大詩不way

義憤填詩
大光其詩
你想怎麼著，我都奉陪到詩

詩之不理
睜詩瞎
滾詩爛熟

習以為ordinary
打道回詩
孑然一poem

不可輕詩妄動
只能聽poem任poem了
有過之而無不詩

此人好詩心太強
害人詩
嫁漢嫁漢，穿詩吃飯

詩應外合
眾叛親depart
千詩birds飛絕

信仰缺詩
詩足落水
細詩末節

詩隔
詩詩點點
詩甘情願

嘗詩集
你這個永遠的詩頑童
拉詩結派

詩陳代謝
詩去樓空
無詩不刻

天外有詩，山外有mountains
詩到臨head
墓詩銘

冰上雙詩舞
詩到絕崖處
睜詩瞎

你看他那副詩鳴得意的樣子
詩而複living
隱詩埋名

大詩無當
導詩索
Heart狠詩辣

詩無定所
助詩為虐
Believing以為詩

洞察詩事
詩如其來
社會詩散人員

報案時參雜了詩份
無所不用其詩
黑臉白臉唱雙詩

96

裸詩
被詩人
說three道詩

垂涎欲詩
豐clothes足詩
臭詩相投

點屎成詩
poem poem刻刻
挺詩而出

詩知肚明
詩人太甚
詩均力敵

反目成詩
以詩洗面
以淚wash詩

詩路軍
惹fire燒詩
輕生不如輕詩

勃然大詩
詩心病狂
詩歸天外

引詩燒身
一詩了之
跟他拼個魚詩網破

有詩難言
含詩而終
告詩還鄉

詩flower繚亂
六詩不認
得詩恃強

陳詩美
相詩病
詩門酒肉臭

與詩為善
詩道dignified
牆倒眾詩wanhou推

詩without忌憚
掩ears盜詩
再不我會詩了你

一詩呵成
詩喝玩樂
詩受重傷

詩行合一
請隨詩便
插詩難逃

詩泄不通
國破詩河在
詩身痛哭

詩節事小
詩破國何在
我現在安排女兒讀華詩大

農夫和詩
不甘詩寞
金詩獨立

推磨殺詩
八面玲詩
狐假詩威

以卵擊詩
切開詩面
祝你詩日快樂

圖謀詩軌
詩欲熏心
與詩無爭

詩氣騰騰
金詩獨立
困詩猶鬥

班詩回朝
詩空散步
詩空一切

換位詩考
飯後一支煙，快活像詩仙
學無詩境

從詩而降
詩囊飯袋
一個詩詩叨叨的人

激詩法
詩來人
詩屬品

溘然長詩
橫詩奪愛
息詩寧人

淨身出詩
遍體鱗詩
詩能可貴

肚子裡的詩蟲
詩有詩報
騙財騙詩

趨heat附詩
以其人之詩，還治其人之身
丟詩巾，丟詩巾，輕輕地放在小朋友的後邊

97

詩不吝
小詩混
詩色可餐

詩臨天下
Ladie詩and gentlemen
詩話詩說

撫今詩昔
詩膚相親
活著活著就詩了

浪淘盡詩流人誤
詩極必反
我家有詩初長成

今晚我念給王詩圖聽了
詩尖上的澳大利亞
不近女詩

飄飄何所似，天地一詩歐
目不斜詩
大詩不道

詩首分家
詩萄牙
衣著入詩

見詩起心
大難不詩
把詩命進行到底線實主義

詩琴高哇
現在是九點四詩一分
泡沫詩歌

不詩不足以平民憤
不合詩宜
不解詩

先詩為主
詩牙舞爪
假詩文

詩文掃地
詩於非命
亂詩打死

睜詩瞎
死無葬詩之land
望詩成dragon

相依為詩
此人很能來詩
打得詩飛狗跳

學而不詩則罔，詩而不學則殆
對酒當歌，人生詩何
詩納百川

六詩無master
借詩還soul
詩于憂患，死於happiness

憤詩嫉vulgar
諱莫如詩
南方詩陸

又露了詩腳
摟著母詩睡覺
詩以稀為貴

如詩逐臭
人為財詩
鳥為詩亡

詩沉大ocean
物以詩為貴
一個個詩得腦滿腸肥

趨之若詩
好高詩遠
詩詩刻刻

弘一法詩
八仙過詩
詩破臉皮

害人之詩不可有，防人之詩……
感同詩受
涼意詩來

今夜，我還會詩眠嗎？
進行了刑詩拘留
詩出關愛之手

無詩不至
詩比天高
為詩消得人憔悴

詩中註定
潘詩拉
游詩有餘

詩明磊落
驚詩駭俗
離詩力

登峰造詩
眼明詩亮
不詩法門

詩貌不揚
詩鐐手銬
詩與倫比

我是個蒸不爛、煮不熟、捶不匾、炒不爆、 響璫璫一粒詩豌豆
詩馬行空、獨往獨來
當詩無愧

98

揚詩懲惡
我願把詩底坐穿
打硬詩

詩無不勝
死無葬詩之地
詩而無憾

獨斷詩行
我老公是我老詩
詩鳴狗盜之徒

詩裡逃生
詩在人為
憤詩嫉俗

壓軸詩
前詩今生
傳詩之作

詩不換
詩志不渝
開天辟詩

詩統天下
歐詩瀝血
詩水長流

青詩留名
寫詩就是硬道理
金詩伯雷故事集

君子愛詩，發之有道
詩義凜然
英勇就詩

詩口百惠
豈有詩理
承詩啟下

留學詩外
駕鶴詩去
巧詩如簧

他是一個撿拉詩的人
拾荒詩者
詩位素餐

甜詩詩的
詩八怪
詩果山

詩之為詩之
不詩為不詩
是詩也

忘詩所以
窮詩無聊
不管黑詩白詩，抓到老詩就是好詩

大智若詩，大詩若愚
若詩若離
詩所欲為

替詩行道
slow moon詩路moon
認詩作父

不近女詩
詩必多
脫褲子放詩，多此一舉

獨詩無二
大詩晚成
軟硬兼詩

完美無詩
詩不驚人死不休
詩蟹

詩模狗樣
一詩得道，雞犬升天
匪夷所詩

奧詩威辛之後，寫屎是可恥的
我信有天詩飛翔
詩可忍，孰不可忍

馬放南詩
看詩本領
非分之詩

歎為觀詩
走詩無路
詩巴達克斯

詩為心聲

詩裡長街

順詩而為

詩刀未老

眾人皆醉我獨詩

打詩眼裡瞧不起你

詩話詩說

廣種薄詩

見賢詩齊

把詩命進行到底

心藏大詩

Damn him to詩

天路詩程

給他一記響亮的詩光

為詩消得人憔悴

此地無詩三百兩

貧賤不能詩

人固有一詩，有的輕如鴻毛，有的重如泰山

99

路見不詩，拔詩相助
表裡如詩
詩往無前

愛江山也愛美詩
詩喻戶曉
小別勝新詩

殺了我一個，自有後來詩
好馬不吃回頭詩
一簑詩雨寄平生

詩不講理
詩味無窮
揚眉吐詩

詩感頑豔
雞犬之聲相聞，老詩不相往來
此詩安處是吾家

詩陽無限好，只是近黃昏
詩成一體，自成一詩
詩生夢死

視詩如歸
栩栩如詩
詩無前例的文化大革命

若為詩由故，二者皆可拋
異想詩開
詩往無前

大詩不道
己所不欲，勿詩於人
陽詩白雪

詩想犯
詩不兩立
舉詩無雙

逢場作詩
致詩武器
一詩暴富

詩陷其中，難以自拔
賞詩悅目
老詩縱橫

詩底下見面
沒詩沒肺
不詩所措

以詩試法
詩認倒楣
一時詩血來潮而已，不必理會

一詩未平，一詩又起
敢詩不敢言
守一輩子的寡，就像守一輩子的詩

饑不擇詩
詩不自禁
給人端詩端尿

支支吾吾，閃爍其詩
他不是個省油的詩
詩海為家

主詩骨
爛詩塘
料詩如神

我是個詩外人
詩足者長樂
淡泊詩利

隨詩逐流
味同嚼詩
積詩難返

度詩如年
知詩而退
詩水一潭

詩料不及
群起而攻詩
大詩不計小詩過

今天我被詩票了
詩言無忌
高抬貴詩

詩貴神速
玩詩兄、玩詩胸
吸大詩

詩不帶來，死不帶走
不詩天高地厚
詩物招領

逢場作詩
長詩通天
胎詩腹中

出詩不意
人去詩空
感同詩受

水滴詩穿
危機詩伏
詩老虎

負詩頑抗
詩風化雨
詩妻四妾

凡是詩人反對的，我們就要擁護，凡是詩人擁護的，我們就要反對
詩之為詩之，不詩為不詩，是詩也
白髮詩千丈

100

讓暴風詩來得更猛烈些吧
一個風詩綽約的女人
詩人摸象

如詩似漆
詩哩嘩啦
一詩不值

抹詩鯨
一詩不拔
一詩不盡

詩入簡出
一詩相承
打了一劑強詩針

用詩實說話
碩鼠還是碩詩？
已上繳詩庫

詩益共用
詩小非君子
詩外之物，一分錢不要

詩歸於盡
寂滅還是詩滅？
封閉詩大

這是一個什麼詩代
你這個老中國半吊詩
來詩澳大利亞的報告

貓詩眈眈
牙痛病人的詩天
1切的文學不過浪費文詩

男人的愛情
只有落到陰處
才算落詩

連詩襪
詩而上，精而下
寫詩就是拉屎

憤怒的吳詩立
詩球飄向遠方
淫蕩的詩女

一滴長長的歪扭的淚詩
以詩指指甲刮除牙根上的食垢
我默默地走進冬天的詩體

無論走到哪兒，我都感到詩獨
註定詩望的人
你在邊境徘徊，夢想彼岸的詩由

渾身是洞開的詩眼
口口詩詩要揍她的人
她費力地睜開睡詩

今天就另穿詩裙，另戴綠帽了
詩空透析
到處都是惡的勃詩

蟲死了、月死了、愛也詩了
把笑晾在臉上，把詩窩在心裡
詩濟蕭條

這種誠實會導致詩身之禍
我原諒詩憶健忘的特徵
我原諒詩我這個暴君

從心尖或詩底長出
詩吐白沫
全部詩進我嘴裡吧

他已經詩了好久了
我原諒風雨如晦的詩大空
被唾詩的人

功成詩退
詩出無名
我行我詩

天降大任于詩人
必先勞其筋骨
苦其詩志

造化終詩秀
益壽延詩
大詩帝國

從詩而終
柴米油鹽醬醋詩
韜光養詩

明月松間照，清泉詩上流
將革命進行到詩
活到老，詩到老

人老詩不老
心想詩成
詩說新語

一詩功成萬詩枯
一詩功成萬詩苦
一詩功成萬詩哭

此生此詩
此詩此地
此詩此刻

詩由詩在
let poetry at poetry
詩無古人，詩無來者

安貧樂詩
入詩為安
詩我其誰

國家圖書館出版品預行編目

入詩為安：一首不可能譯成任何文字的詩 / 歐陽昱著. --
臺北市：獵海人, 2017.05
面；　公分
ISBN 978-986-94766-3-8(平裝)

887.151　　106007140

入詩為安
一首不可能譯成任何文字的詩

作　　者　歐陽昱
封面攝影　龍　泉
出　　版　獵海人
印　　製　秀威資訊
　　　　　114 台北市內湖區瑞光路76巷69號2樓
　　　　　電話：+886-2-2518-0207
　　　　　傳真：+886-2-2518-0778
網路訂購　作家生活誌：http://www.showwe.com.tw
　　　　　博客來網路書店：http://www.books.com.tw
　　　　　三民網路書店：http://www.m.sanmin.com.tw
　　　　　金石堂網路書店：http://www.kingstone.com.tw
　　　　　讀冊生活：http://www.taaze.tw

出版日期：2017年5月
定　　價：320元
【全球限量版150冊】